Petits Récits Psychotiques

Dominique Plée

Petits Récits Psychotiques

Fiction

Mentions légales

En application de l'art. L.137-2.-I. du code de la propriété intellectuelle, toute reproduction et/ou divulgation de parties de l'oeuvre dépassant le volume prévu par la loi est expressément interdite.

© Dominique Plée, 2025

Relecture : Dominique Plée
Correction : Dominique Plée
Autres contributeurs

Édition : BoD · Books on Demand, 31 avenue Saint-Rémy, 57600 Forbach, bod@bod.fr
Impression : Libri Plureos GmbH, Friedensallee 273, 22763 Hamburg (Allemagne)

ISBN : 978-2-8106-2998-5
Dépôt légal : Mars 2025

Récit 1 : Questions de couple   p. 7

Récit 2 : Educations Nationales   p. 22

Récit 3 : Adrien   p. 35

Récit 4 : Petits déboires de banlieue   p. 44

Récit 5 : Les gardes de Solange   p. 56

Récit 6 : Réchauffement clipatique   p. 69

Récit 7 : Le chien de Acosta   p. 88

Récit 8 : Vengeance   p. 108

Récit 9 : Transland   p. 120

Récit 10 : Diction inclusive   p. 141

Récit 1 : Questions de couple

La clé tourna dans la serrure et B... entra dans son trois pièces de la rue Oberkampf. Il alluma la lumière car le jour baissait déjà en cette fin septembre. Il vit le mur en face de la porte. Le petit tableau qui y était accroché lui sembla tout à coup incongru sans qu'il puisse en analyser la raison, puis il regarda par la fenêtre, comme à l'accoutumée selon un rituel quasi immuable ; le ciel rougeoyait, sali par quelques traînées de nuages ; il ressemblait à une feuille sépia sur laquelle un stylo écorché aurait jeté maladroitement son encre.

Tout était calme dans l'appartement comme de coutume, mais presque aussitôt une onde de chaleur et de colère l'envahit. Comme à l'accoutumée, elle ne s'était pas levée à son entrée, elle n'avait même pas daigné tourner la tête comme toute épouse pourrait le faire lorsque rentre son seigneur et maître.

Cette onde de chaleur, B... s'en voulait d'y être soumis ; depuis longtemps, les manifestations de son corps échappaient à sa propre volonté et cela lui était devenu insupportable.

Il sentit ses mains se couvrir d'une légère moiteur désagréable. Pourtant, il avait essayé, avec la complicité de son médecin, pas mal de choses, les béta-bloquants par exemple, mais quelques effets secondaires indésirables, tels que vertiges, cauchemars et insomnies, sans compter des syndromes respiratoires obstructifs, lui avaient fait abandonner cette piste.

Les réactions de son corps s'avéraient trop souvent un handicap et c'était dans ces moments qu'il regrettait de n'être pas un pur esprit. Combien de fois, sa gorge ne s'était-elle pas nouée à l'instant le plus inapproprié, au beau milieu d'un exposé important devant sa hiérarchie ? Combien de fois, ses paumes ne l'avaient-elles pas trahi alors qu'il s'apprêtait à serrer la main de son interlocuteur, pratique naturelle lorsqu'on doit initier ou conclure un rendez-vous d'affaires ?

Et l'accélération du pouls, qu'en dire donc ? Qu'elle rendait impuissant, pire qu'impuissant, honteux comme si l'on était atteint d'une maladie qu'il fallait dissimuler à ceux qui ne connaissent pas ces affres.

Cette impression de lente montée inexorable et pernicieuse, de paralysie et d'absence de réaction comme devant un animal sans contrôle, lui procurait une rage lente et automatique, mélange d'impuissance rédhibitoire et de dépendance à de ridicules mécanismes biologiques, à de vives libérations d'hormones quelque part dans son corps.

Les subtiles combinaisons d'enzymes aussi avaient leur part. Elles emboîtaient des molécules sans âme, selon des mécanismes compliqués, catalysant des milliers d'effets et de causes sans que l'organe central y puisse quoi que ce soit.

« Bizarre, ces milliers de réactions qui se passent sans qu'on les perçoive, ces mutations d'ADN, ces coupures de télomères », songea-t-il. Ou peut-être y pouvait-il quelque chose mais il préférait sans doute cacher dans ses replis intimes ses véritables motivations. Car, pensa B..., au moment où il posait sa serviette près de la porte, dans les cent milliards de neurones que l'organe central comportait, combien ne le trahissaient pas ?

B... saisit le journal qui traînait sur la table et s'affala dans le divan le plus loin possible de Sophie. Il n'avait pas envie de lire mais il fallait se donner une contenance, il jeta un œil dans la direction de sa compagne mais elle avait manifestement décidé de le bouder.

Il glissa un œil vers la grande pièce qui faisait office de salon et salle à manger, avec son haut plafond vaguement suranné. Il aimait son arrangement ; les vieux rideaux parme qui pendaient lourdement et faisaient obstacle au froid de l'hiver lui procuraient une impression de confort. Les frises en stuc qui ornaient le plafond conféraient à la pièce la touche artificielle d'un luxe suranné. La table à manger trônait au centre, impavide comme tous les jours, entourée de chaises contournées qui lui venaient d'une tante. Elle ressemblait à la souveraine d'un royaume imaginaire, entourée de ses sujets. Dans un coin, une vitrine, où s'entassaient les verres à pied et les assiettes en porcelaine de sa grand-mère, complétait l'ameublement avec une petite commode où Sophie et lui gardaient les alcools.

Il reprit son journal tout en se demandant les raisons de l'attitude de sa compagne. Était-ce parce qu'il avait omis de l'appeler dans la journée ? Le motif paraissait futile, voire dérisoire mais il fallait bien qu'elle comprenne qu'il n'avait pas eu un moment à lui. Il avait des responsabilités auxquelles il ne pouvait échapper et quelques-uns dans son entreprise n'attendaient qu'une chose : qu'il fasse un faux pas. Sa journée avait été plus que chargée avec un chef sur le dos, stressé et revendicatif qui ne lui avait pas laissé un instant pour souffler. Un chef hargneux qui devait avoir des problèmes dans son foyer, soit avec ses gosses soit avec sa femme, peut-être même avec les deux, pensait B... Ce n'était pas son cas jusqu'à quelques semaines auparavant, car ce n'était que récemment que les tensions étaient apparues entre Sophie et lui.

Il faisait pourtant tout pour lui rendre la vie agréable mais à quoi cela servait-il ? Elle ne lui en témoignait aucune reconnaissance.

Or, chaque matin, une fois qu'il avait agrippé sa serviette et franchi la porte, elle avait tout son temps pour s'organiser comme elle l'entendait, Elle pouvait sortir si le besoin s'en faisait sentir mais, trop souvent, et B... s'en était rendu compte, elle préférait glander sur le divan devant la télévision. Quant aux travaux ménagers, c'était à lui de les faire, ainsi que les courses.

B... soupira. Elle avait vraiment la vie trop facile, sans nécessité de se soucier du lendemain. Oh bien sûr, un accident pouvait toujours advenir et alors, que ferait-elle si l'époux décédait ou devenait incapable d'assurer leur subsistance ? Rien probablement car, ni son éducation ni ses envies, pour autant qu'il pouvait l'imaginer, ne semblaient correspondre aux attentes de l'époque, d'une époque dure et sans pitié.

Cela valait-il la peine de prendre une assurance-vie, pour la préserver ? Mais les assurances-vie, c'étaient des mélanges d'actions et d'obligations invérifiables, perdues dans les Trous Noirs de la Finance Mondiale et manipulées par les banquiers et les banquiers, B... s'en méfiait.

Il décida de plonger dans sa lecture puis de faire les mots croisés avant le repas. Il serait toujours temps d'aborder plus tard les sujets qui fâchent.

Le lendemain matin, il se leva avec un mal de crâne carabiné, tout en se remémorant la soirée morose de la veille durant laquelle Sophie n'avait pas desserré les dents. Il regarda le corps étendu à ses côtés. Elle ne bougeait pas plus que si elle avait été morte. On n'entendait même pas sa respiration ou, si peut-être, mais si doucement que B... n'était pas certain de la percevoir. Il se pencha pour s'en assurer mais à l'instant, un camion passa dans la rue et le bruit étouffa toute preuve de l'existence d'un être sensible et pensant dans la couche conjugale.

B... soupira mais n'insista pas. Il se leva avec l'impression que ses jambes pesaient une tonne. La première chose à faire était d'avaler une aspirine pour reprendre pied dans la réalité et stopper la douleur lancinante qui lui vrillait les tempes.

Il regarda le réveil qui marquait six heures vingt.

Il songea, tout en se dirigeant vers la salle de bains, qu'il serait plus qu'utile et positif de pratiquer un peu de sport. Son ventre débordait un peu, conséquence d'une absence de soin dans l'alimentation. Trop de restaurants et de repas d'affaires... Depuis combien de temps n'avait-il pas mis les pieds dans une salle de gym ou sur un stade, voire même en forêt pour une ballade rafraîchissante ?

C'étaient d'ailleurs aussi les conseils de son neurologue. Le type, qui n'était pas le premier imbécile venu, lui avait savamment expliqué quelques uns des subtils mécanismes qui président à l'organisation de notre enveloppe mortelle.

Selon lui, l'exercice développait des mécanismes anti-inflammatoires dont l'action était générale. Tout le corps mais aussi le cerveau en bénéficiaient. Non seulement, les capacités immunitaires se renforçaient-elles, mais les dépressions ou autres affections psychiques connaissaient une évolution très souvent favorables. On savait aussi que certains types d'alimentation conduisaient à la dépréciation de soi, et en fin de compte, aux dépressions et parfois, à des actes définitifs. Inversement, lorsqu'on soignait son mode de vie, les choses allaient mieux, mais c'était un tout, une globalité dont on ne pouvait détacher des morceaux à sa convenance. Les visions personnelles que l'on avait de la vie et de l'existence humaine sur la planète jouaient un rôle crucial. Le type l'avait regardé par en dessous, en feignant d'essuyer ses lunettes de grand spécialiste, comme s'il voulait lui transmettre un autre message, un message au-delà des mots.

Lors de cette consultation, B... n'avait pas tout compris. Néanmoins, l'essentiel de ce qu'il fallait retenir était entré dans sa sphère consciente.

Depuis le passage du camion, la rue s'animait. Les bruits parvenaient amortis mais néanmoins distincts ; il y avait longtemps que les poubelles avaient été ramassées mais maintenant, on percevait les automobilistes emprunter la rue Oberkampf, ainsi que le rouleau de fer du boulanger qui ouvrait sa boutique.

Encore un qui se levait tôt, pensa B... Pas comme elle.

Il passa dans la cuisine, alluma la lumière car la fenêtre ne laissait encore passer, à cette heure, qu'une faible clarté. Il eut froid aux pieds, le carrelage, blanc comme au premier jour, ne pardonnait pas l'absence de pantoufles. Il brancha la cafetière, prenant soin de mettre dans le filtre suffisamment de café moulu pour le cas où Sophie déciderait de boire le breuvage qu'il préparait.

Dernièrement, elle avait manifestement décidé de ne plus en consommer, dès lors que ce rituel du matin était son œuvre. La cafetière gardait toujours un reste de liquide noir et froid, ce qu'il constatait en rentrant le soir et qui lui occasionnait une bouffée d'adrénaline difficilement contrôlable.

Sans doute se concoctait-elle des boissons lorsqu'il n'était pas là. Des thés sûrement comme ses copines. Des thés verts, bio ou autres, de femmes gâtées et inoccupées, avec des trucs et des méthodes de préparation compliquées, expliquées dans les magazines féminins, comme ce truc japonais hors de prix dont il avait appris l'existence dans une revue quelconque.

Il sortit du réfrigérateur la plaquette de beurre durci, prit le bout de baguette qui traînait et commença à tartiner la pâte jaunâtre, mais le beurre n'était pas mou et il arrachait la mie par morceaux et la baguette était molle, comme déjà fatiguée alors que la journée ne faisait que commencer.

Il saisit une pomme dans la corbeille, la pela et la mangea par petits morceaux gourmands.

La confiture était aussi un moyen d'échapper au beurre et à ses acides gras saturés mais les glucides le matin, pas terrible, d'après les nutritionnistes. B... haussa les épaules. Tant pis pour la nutrition... Il rangea le beurre et recommença l'opération avec la confiture aux cerises qu'il avait achetée deux jours auparavant. La confiture presque noire et attirante comme le péché brillait sous la lumière du plafonnier de la cuisine.

Il mâcha sans grande conviction et but une gorgée de café qui le réchauffa. Le jus n'était pas mauvais. De plus, le mal de crâne disparaissait à grande vitesse, vaincu par l'inexorable acide acétylsalicylique ou par un de ses dérivés.

B... lava la tasse, la posa sur l'égouttoir et passa dans la salle de bains pour une douche rapide et un brossage de dents consciencieux. Tout en se lavant, il pensait à son avenir. Serait-il pour toujours avec Sophie, jusqu'à ce que la mort les sépare, comme on dit ? Compte tenu de l'évolution de leurs relations au cours des dernières semaines, on pouvait en douter... Il sortit de la salle de bains en se séchant les cheveux, posa la serviette humide au hasard sur une chaise. Sophie aurait toujours le temps de la ranger.

Alors qu'il ajustait sa cravate, il passa en rétrospective accélérée le film de sa vie, et en particulier sa rencontre avec Sophie. Avait-il eu raison de se mettre en couple avec elle ? Il repensait à sa mère devant laquelle il n'avait jamais osé trop se rebeller. Elle lui avait confié que cette fille n'était pas pour lui et lui causerait un jour bien des désagréments. Elle avait les lèvres trop rouges, les formes trop voluptueuses pour assurer un avenir de femme et de mère selon les critères de l'efficacité conjugale. Selon sa mère, on le constaterait bien un jour, mais alors, ce serait trop tard... Sophie avait le profil de celle qui trompe son mari un jour ou l'autre, assurait la génitrice...

Quant à son père, il s'était contenté de grommeler qu'il ne l'aurait pas épousée car elle ne lui semblait pas se mouler dans le cadre classique qui convenait, selon lui, aux relations entre les femmes et les hommes.

Maintenant qu'il y pensait sérieusement, pas sûr que ses parents se soient trompés, encore que quelques années s'étaient écoulées sans que surgissent des difficulté insurmontables. Les disputes sans conséquence étaient plutôt normales, pensait B... et tout le monde en passait par là.

Cependant, il y avait quand même trop de différences de pôles d'intérêt pour autant qu'il pouvait en juger. Oh, bien sûr, tout n'était pas de la faute de sa compagne et il avait certainement des torts. Peut-être avait-il manqué d'empathie à des moments cruciaux ? Peut-être n'avait-il pas su écouter ?

Et le fait qu'ils n'aient pas eu d'enfant avait dû jouer un rôle. Il supposait que Sophie était stérile mais il n'avait jamais eu l'envie ou la force de lui suggérer de consulter.

Entre ces différentes raisons, difficile de savoir de façon parfaitement rationnelle le poids de chacune. Ces circonstances de la vie commune étaient trop fluctuantes et qualitatives pour qu'on soit absolument certain des causes et des effets.

Il sortit en prenant soin de ne pas claquer la porte afin de ne pas la réveiller. Il s'en voulut presque de cet égard non payé de retour.

Le chef était d'une humeur massacrante. Il avait surpris B… et quelques collègues autour de la machine à café, un peu après 9 h, alors qu'ils venaient juste de se rassembler pour ce rituel du matin qui démontre qu'il subsiste un zeste d'humanité chez les bipèdes à cortex, employés par les multinationales. De plus, tous les spécialistes en organisation du travail et les consultants en convenaient, le café du matin était propice à l'éclosion d'idées neuves. Alors, pourquoi Diable le chef ne les laissait-il pas respirer ? Voulait-il entrer en opposition frontale avec sa propre hiérarchie qui avait dépensé de précieuses sommes d'argent en stages de constitution d'équipes, en formations qui, du reste, insistaient sur le caractère informel des rencontres pour faciliter le brassage des opinions ?

B… faillit poser la question mais se retint au dernier moment. Pas la peine de provoquer le chef. Avant de retourner à ses occupations, celui-ci fit une brusque volte-face et se planta devant B…

- Je compte vous voir à 10 h dans mon bureau pour ce problème de marché dont vous m'avez parlé hier.

B... s'en souvenait... Le chef n'avait pas semblé attacher une grande importance au point soulevé et qui concernait une question de concurrence locale inattendue mais tout information s'incrustait dans cette tête bien faite et il ne fallait pas s'attendre à ce qu'un groupe de neurones indépendants l'égarât.

Au début, B... n'était pas peu fier d'avoir soulevé le pot aux roses mais, comme dans la Grèce antique, malheur aux porteurs de mauvaises nouvelles et aux Cassandre. Maintenant, il se mordait les doigts d'avoir voulu faire le malin. Il lui restait à peine cinquante minutes pour préparer sa présentation. Il s'excusa auprès de ses collègues et regagna son bureau, presque en courant, en renversant un peu de son café sur la moquette.

Vers midi, il pensa téléphoner à Sophie. L'entretien avec le chef s'était finalement mieux passé que prévu et B... en était sorti légèrement revigoré.

Il composa le numéro et attendit.

Rien... Il raccrocha, dépité. Que pouvait-elle donc bien faire, nom d'un chien ? Elle avait probablement écouté ses conseils et était sortie. C'était contrariant après tout car B... voulait s'excuser pour son attitude de la veille. Il pensait même apporter un bouquet de fleurs mais se ravisa : elle n'avait jamais paru s'y intéresser.

Il recomposa le numéro, mais peine perdue... Toujours rien.

Lorsqu'il franchit le seuil de l'appartement en fin de journée, une chose le frappa : elle n'était nulle part dans le salon. Il l'appela sans succès. Il gagna la chambre et la vit étendue sur le lit telle qu'il l'avait laissée le matin même. Elle ne s'était donc pas donné la peine de se lever, ou alors elle avait vaqué à des occupations mal définies et s'était recouchée avant son retour. En tout état de cause, elle ne tourna pas la tête, pas plus que la veille. Décidément, la bouderie durait et c'était la première fois qu'elle témoignait d'une telle intensité.

Mais il y avait autre chose dans l'attitude de Sophie qu'il ne sut définir sur l'instant, puis soudain, l'évidence lui sauta aux yeux. Son air satisfait et sa bouche légèrement entrouverte lui parurent tout à coup une insulte et une provocation gratuites. Les lèvres rouges charnues l'agressaient, les joues pleines emplissaient l'espace et constituaient presque une menace. La gorge ronde comme une pleine lune provocante le fit frissonner. Et les yeux ? Que dire des yeux ?

B… frissonna et sortit en courant de la chambre, il se jeta sur le sofa du salon, dans un état de presque frénésie, en proie aux multiples démons que la conduite de sa compagne réveillait. Il aurait voulu les repousser de toutes ses forces mais rien n'y faisait. Il eut tout à coup peur de comprendre mais ne se sentait pas le courage d'entamer une discussion qui risquerait de tourner au vinaigre. Mieux valait laisser passer la rage froide qui l'habitait et penser à autre chose. Brusquement, il se mit à pleurer sans savoir pourquoi.

En tout cas, pas question de partager sa couche avec elle cette nuit. Non, certainement pas !! Il lui montrerait qu'il ne se laisserait pas faire et, pour cela, il dormirait sur le divan. On verrait bien ce qu'elle aurait à dire. Qu'elle ose se plaindre, pensa-t-il… Elle serait bien reçue.

Le lendemain, après que le réveil eût sonné, B… émergea comme un somnambule. Il se dirigea comme chaque matin vers la cuisine. Il se rappela avoir pris soin de laisser le beurre en dehors du réfrigérateur. Allons, cette précaution permettrait d'éviter l'ingestion d'un excès de sucres.

Il coupa la baguette de pain, l'enduisit consciencieusement de beurre, alluma la cafetière et se prépara l'ambre noire qui lui fouettait l'esprit. C'était d'ailleurs un des moments de la journée qu'il préférait, seul dans la cuisine, sans personne pour l'enquiquiner.

Tout en mangeant, il se remémora la soirée de la veille. Il avait dîné seul comme un étranger dans sa propre demeure, d'une boite de cassoulet vite réchauffée. Un mauvais verre de rouge n'avait pas contribué à remonter son humeur.

Après le cassoulet et le vin, il avait avalé trop vite deux flans au chocolat sans en apprécier l'onctuosité, comme il avait coutume de le faire lorsque son esprit était vide de préoccupations et son estomac libre d'apprécier certains plaisirs.

Et des préoccupations, il en ressentait les effets en forte expansion, le stress le guettait et mettrait en péril son efficacité au travail. Il le savait, on ne plaisantait pas dans sa société et son chef n'était pas réputé ressentir de sentiments inutiles ou trop empathiques, mais son cortex ne parvenait pas à imaginer une stratégie pour sortir de l'impasse.

Le lent balancement du métro le maintenait dans une légère torpeur pas vraiment désagréable, mais que c'était donc énervant d'avoir toujours envie de dormir au mauvais moment. Lorsqu'il était dans le lit, il lui arrivait de rester les yeux ouverts dans l'obscurité pendant des heures, alors que Sophie, à ses côtés, affichait un repos réparateur qu'il enviait.

Le métro couinait dans les courbes, comme un rongeur affolé. Voulait-il faire concurrence aux rats qui infestaient les tunnels ? B… se posa la question tout en se demandant ce qui l'amenait à associer de telles idées.

Il descendit à la Grande Arche de La Défense, moulu et déjà fatigué… Vivement le petit noir du matin avec quelques uns des collègues qu'il préférait. Mais malheureusement, ceux-ci étaient, l'un absent pour cause de maladie et l'autre en déplacement professionnel. B… ressentit ces absences comme une sorte de trahison.

La journée fut plus morne que la veille, sans l'excitation de la réunion avec son chef qui avait au moins eu pour mérite de lui fouetter le sang et de faire rétrograder au second plan ses interrogations personnelles. Seul dans son bureau, il se prit la tête dans les mains et recommença à ruminer de sombres pensées. Les tâches de la journée n'étaient pas très absorbantes et se résoudraient rapidement.

Il pensa qu'il était tout seul, à plus de 10 heures du matin, dans ce bureau froid et impersonnel, alors qu'il n'était pas rare qu'un des collègues poussât la porte pour une question ou un avis. Mais aujourd'hui, personne ne franchissait le seuil. Peut-être pressentait-on déjà que son avenir était compromis dans la société. Les rumeurs se propageaient souvent dans les entreprises au-delà de toute logique, sans circuit officiel d'information. On avait parfois la sensation, un certain matin, que les murs ou les circuits d'air conditionné en étaient imprégnés mais que seuls quelques informés en percevaient la réalité tandis que les autres restaient aveugles et sourds.

Que ferait-il si on le licenciait ? Il n'en avait pas trop d'idée... À son âge, ce serait difficile de retrouver un travail de même niveau. Mais les préoccupations liées à son couple prenaient le pas pour le moment.

Graduellement, une explication au comportement de Sophie s'amorça qui impliquait la suspicion ; de toute petite graine qu'elle était au départ, elle grandit au fil des heures. La graine s'épanouit, puis déploya ses corolles négatives, comme une fleur tropicale et vénéneuse au soleil ; elle se transforma et s'imposa avec évidence.

Sophie le trompait, cela ne pouvait être que cela... Aucun être normal n'aurait pu afficher cette air de félicité béate sans sérieuse raison. Aucun être normal n'aurait pu rester ainsi sans se manifester, ne serait-ce que pour crier, hurler ou s'indigner.

Voilà pourquoi elle ne répondait pas dans la journée. Elle était avec un amant quelconque ramassé dans un rade douteux. Quelle honte !!

B... décida de rentrer un peu plus tard que d'habitude, pour lui donner une chance de ne pas être encore dehors à ce moment.

Il serait bien temps d'aviser et elle devrait s'expliquer de tout façon.

Comme la veille, elle ne se manifesta pas lorsqu'il pénétra dans l'appartement, mais cette fois, elle était sur le divan dans son attitude favorite. L'heure plus tardive avait permis qu'elle se trouvât là et s'épargnât la honte de rentrer après lui.

- A quoi as-tu passé la journée ?, demanda-t-il.

La fin de la question s'étrangla dans sa gorge. Il s'en voulut de ne pas pouvoir contrôler sa voix. Même cela lui échappait.

Sophie resta muette mais il eut l'impression qu'elle avait coulé furtivement un œil vers lui, comme pour s'assurer de sa présence.

- Comme tu veux, garde le silence mais il faudra bien que l'abcès crève. C'est clair que tu as un amant. On n'est pas maquillée comme cela sans raison.

Il était furieux, à cause de son attitude empreinte d'une désinvolture qui dépassait les bornes. On n'avait pas idée de se comporter ainsi. Il fallait n'avoir pas tout son bon sens. Ah, comme sa mère avait eu raison, mais maintenant il était trop tard pour écouter ses conseils pleins de sagesse car elle était décédée depuis deux ans.

B... alla vers la cuisine, sortit une salade et une tomate du réfrigérateur. Il commença à préparer le repas du soir.

- Je suppose que tu ne souhaites pas dîner...

« De toute façon, que tu le souhaites ou non, je n'en ai rien à foutre », pensa-t-il.

Il rouvrit le réfrigérateur, attrapa le rôti froid et saisit un couteau effilé dans le tiroir pour en couper deux tranches. Il avait faim en définitive...

Il regarda le couteau comme si c'était la première fois qu'il le voyait. Un couteau de quinze centimètres de long. Il en tâta le fil, vraiment bien aiguisé. Il le soupesa ; véritablement, il était bien équilibré et tenait bien dans la main, et sa lame luisait faiblement sous la petite lumière de la hotte de cuisine.

Il se retourna légèrement et discrètement de manière à ce que Sophie rentre dans son champ de vision latéral, mais il ne voulait pas qu'elle s'en rende compte.

« Et si c'était ça, la solution ? », songea-t-il.

Il soupira : « Vraiment pas facile et combien d'obstacles de l'éducation judéo-chrétienne ne faut-il pas franchir ? », s'émut-il en aparté.

Cela lui paraissait difficile à concevoir et encore plus à accomplir. L'auto-censure automatique, ancrée par des décennies de contrôle de soi, de rites, de commandements et d'amour, au moins superficiel, des autres, empêchait l'acte.

« L'empêchait, ou seulement le retardait ? », se demanda-t-il.

Les joues pleines et la bouche outrageusement rouge achevèrent de le décider. Il se dirigea d'un pas ferme vers le salon, le couteau dissimulé derrière le dos.

Il ne se rendit même pas compte du premier coup. Son bras avait agi tout seul, se détendant comme un ressort trop longtemps comprimé.

La lame pénétra mollement. Les traits de Sophie pleins et sensuels changèrent soudain, tandis que se faisait entendre un léger chuintement. Le visage s'affaissa, se rida comme une vieille pomme oubliée dans un four trop chaud.

Le corps plia lentement. D'autres coups suivirent, méthodiques et saccadés. Aucune plainte ne s'échappa des lèvres de Sophie. Acceptait-elle sa punition sans broncher, parce qu'elle la savait méritée ?

Le chuintement s'accentua puis il n'y eut plus sur le divan qu'un amas de plastique de couleurs variées. B... lâcha le couteau qui ne lui serait désormais d'aucune aide.

La colère était tombée. Il fallait maintenant réfléchir à ce que serait le lendemain. Il saisit une bouteille de whisky dans le buffet, se versa un verre et alla vers la porte-fenêtre.

Il posa son front brûlant contre la vitre froide. Dehors, régnait le noir de la nuit parisienne. Des pointes blanches et glacées parsemaient par milliers l'encre du ciel, spectacle inhabituel dans une ville aussi lumineuse et polluée.

Il ne lui restait plus qu'à attendre qu'on vienne le chercher pour l'arrêter. Les années de prison ne lui faisaient pas peur.

Récit 2 : Éducations Nationales

La cour était mélancolique mais fonctionnelle. Rien à voir avec les établissements d'autres banlieues, basés sur une sélection arbitraire et injuste.

Comme à l'accoutumée, Moussa, le grand noir faisait le con. Le directeur Alain Saunier, quarante-cinq ans, regardait du coin de l'œil ce grand gaillard en se demandant désabusé ce que ce type pourrait apporter à la société. Rien ne l'intéressait, si ce n'est de faire l'idiot avec quelques crétins du même acabit et d'emmerder les quelques filles qui voulaient bosser pour sortir de leur cités merdiques de Stains ou de Pierrefitte.

Néanmoins, Moussa avait réussi à passer systématiquement dans les classes supérieures et abordait maintenant la seconde, ce qui démontrait que le système avait quand même du bon.

Saunier essayait toujours de comprendre, voire d'anticiper les problèmes. Peine perdue... On n'était pas sur la même planète et on ne pouvait pas tout prévoir. Le principal objectif était cependant de garder une certaine forme de contrôle des situations. Il fallait éviter que ça ne dégénère grave. Les dealers, dehors, enfin pas toujours. Le reste... Ma foi...

Longtemps, il avait cru qu'il pourrait apporter, à défaut d'un savoir ou d'une expérience, une empathie et la volonté de faire bouger les choses. Cela, c'était avant, dans sa jeunesse de jeune professeur. Maintenant, il avait rabaissé ses prétentions mais continuait à croire que l'École devait s'adapter à l'élève, qu'elle devait constituer le creuset du vivre-ensemble entre ethnies différentes. Pour cela, il ne fallait pas trop exiger, voire rien exiger du tout. La paix sociale s'obtenait à ce prix.

Saunier avait voté au premier tour des élections présidentielles, pour Hamon. Son idée de revenu universel lui plaisait bien. C'était peut-être, après tout, la seule manière pour Moussa et les autres du même genre d'éviter la délinquance dure et de vivre, sinon largement, du moins décemment.

Mélenchon en revanche ne lui plaisait pas. Trop tribun et parfois nationaliste. Qu'est-ce que cela voulait dire ses appels au peuple de France ? C'était quoi le peuple de France ? Comment fallait-il le définir ? Les descendants des gaulois avec leurs relents nauséabonds ? Hamon avait bien eu raison de refuser ses appels du pied.

Au second tour, le choix de Saunier s'était porté sur Macron. Normal... On ne pouvait rien faire d'autre, mais s'il grinçait un peu sur les propositions sociales et économiques du candidat d'En Marche, en revanche, il applaudissait des deux mains en ce qui concernait les avancées sociétales... Il fallait faire exploser les croyances de cette société de m... et avancer enfin vers la modernité.

Il était sûr que Macron ferait passer un jour la GPA, malgré ses mensonges devant la media durant la campagne. Quand on pense qu'il y en avait qui faisaient semblant de croire à ses promesses. Cela réjouissait fort Saunier et le faisait même marrer ; enfin, une véritable égalité.

Au cours du très récent déjeuner dominical chez son frère, la conversation avait pris un tour tendu car Stéphane Saunier votait Fillon et ne s'en cachait pas. Le cadet, quarante-trois ans, était libéral, agrégé d'Histoire et professeur principal à Saint Ignace, un établissement jésuite très sélectif de Versailles.

Les deux frères étaient de farouches défenseurs de l'Union Européenne, avec enthousiasme pour Alain, avec un peu plus de réserve pour Stéphane. Ils considéraient en tout cas les opposants à cette construction comme de véritables attardés ou comme des extra-terrestres dans le meilleur des cas.

Alain se rappelait la discussion :

- Hamon est taré, lui expliquait Stéphane... Le pays est en ruines, la dette explose. Le commerce extérieur est toujours fortement déficitaire et, toi, tu crois qu'on peut donner 800 euros par mois sans rien faire ? Les économistes, à condition qu'ils ne mangent pas à la gamelle de Terra Nova, prédisent que cette mesure coûterait 350 milliards d'euros...

- Les économistes, Pfutt, ils se trompent toujours... Une semaine avant les sub-primes, ils annonçaient que tout allait bien dans le meilleur des mondes financiers. Et la mère Lagarde, on a l'impression qu'elle est en permanence sous pilules du bonheur.

- C'est à peu près la seule chose sur laquelle on est d'accord, mais là, il ne s'agit pas de prédictions, il s'agit de calculs : tant de bonshommes à 800 euros par mois !!... Pas compliqué, même tes abrutis de Pierrefitte pourraient peut-être trouver le bon chiffre

Alain Saunier détestait qu'on insultât ses élèves mais il ne voulait surtout pas poursuivre sur ce terrain. Aussi dévia-t-il la conversation.

- Et ton candidat, un proto-fasciste..., crut-il bon d'ajouter

- Fascisme,... fascisme, on emploie ce mot à tire-larigot et on ne sait même plus ce que cela veut dire. Le fascisme vient d'Italie si tu veux savoir de *Faisceaux* ou du latin *Fascis*. C'est Mussolini, un socialiste qui a inventé le terme. Ils ne t'ont pas appris ça dans tes cellules du PS ?

Les femmes qui trouvaient qu'on parlait trop de politique intervinrent, mais Alain ne pouvait laisser passer

- C'est scandaleux et dégueulasse comme argument...

- Ah non, arrêtez intervint Béatrice, l'épouse de Stéphane...

- Non, c'est trop grave, coupa Alain.

- La pure vérité historique, reprit Stéphane. Rien de plus... Le fascisme, présenté comme un mouvement conservateur, est en réalité un mouvement plus que révolutionnaire, de transformation radicale de l'individu et de rupture avec ce que tu détestes, à savoir les sociétés traditionnelles. Le 3ème Reich en est l'exemple le plus parfait.. On soustrayait l'enfant à sa famille pour le façonner, comme en Union Soviétique, d'ailleurs.

- Vote pour Le Pen pendant que tu y es.

- Elle est inconséquente et je trouve qu'elle ne travaille pas ses dossiers. Ce n'est pas une bosseuse et je ne la crois pas posséder l'intelligence nécessaire à assumer la fonction de Chef de l'État. Ah bien sûr, elle a l'intelligence des petites tactiques au jour le jour, des petites soupes internes et des alliances louches, mais pour le reste...

- Ah, si elle était bosseuse, tu voterais pour elle ? Rassure-moi.

La fin du repas avait été pénible. Lorsqu'ils partirent, Aline, la femme d'Alain, lui confia :

- Ce n'est pas la peine de te mettre dans ces états. Tu ne le convaincras pas et il ne te convaincra pas.

- C'est plus fort que moi. Je ne peux pas lui laisser le crachoir.

Arrivés à leur domicile et malgré l'heure tardive, Aline poursuivit :

- Laisse tomber tes discussions stériles avec Stéphane, je te dis... Et puis, il n'a pas tort sur tout. Tes élèves, dont tu parles avec tant de fierté, qu'est-ce qu'ils ont appris quand ils sortent ?

- Au moins, peut-être un peu de ponctualité, le fait de s'être côtoyés... Le respect de l'autre aussi, qui sait et puis, qui sommes-nous pour juger ?

- Parole chrétienne, d'autant plus drôle dans ta bouche. Bon... Je vais me coucher.

- Pas si vite. Crois-tu qu'ils auront besoin de calcul différentiel pour décharger des caisses chez Lidl ?

Aline haussa les épaules et s'en alla vers la chambre.

Saunier pensa qu'il n'avait plus de libido depuis des mois. Aline ne semblait pas s'en plaindre, mais va savoir avec les femmes...

Il passa dans la salle de bains, fit couler un peu d'eau dans un verre et avala son comprimé de Zopiclone, rituel immuable du soir.

En tout cas, Saunier, comme directeur, faisait appliquer à ses professeurs les directives du Ministère, celles qui préconisaient une écoute et le dépassement du rôle de l'enseignant. Il fallait trouver les trésors cachés en chaque élève, dénicher ce qui les passionnait car il n'existe pas d'être sans passion. Le jeu consistait à aider le jeune à construire son savoir.

- Putain de ta race, s'esclaffa le petit Mouloud à qui Moussa venait de donner une forte bourrade.

l'Arabe pesait presque deux fois moins, le défi n'était pas équilibré.

L'altercation tira Saunier de ses pensées.

- Allons, allons, les gars, tenez vous.

- Z'y va, dirlo. C'est ct'enculé qui me tape. Sur la tête de ma reum.

La sonnerie retentit, ce qui coupa le discours radical de Mouloud. Les autres élèves ne purent ainsi pas profiter de l'annonce des sévices que l'Arabe réservait au Noir, peut-être avec l'aide des grands frères.

Saunier sortit discrètement de sa poche un comprimé d'Anafranil qu'il porta à sa bouche. Il ne fallait pas que les élèves le voient.

Le plus grand calme régnait dans la classe de seconde où officiait Stéphane. Il avait décidé, en tant que professeur principal, de leur faire un petit topo avant le cours magistral car quelques parents l'avaient proposé lors de leur dernière entretien avec les professeurs.

- Je ne voudrais pas que vous vous illusionniez. La réussite aux grandes écoles - car nombre d'entre vous choisiront ces filières - ne requiert pas forcément ce que vous croyez, enfin pas complètement. Ce qu'on y apprend, c'est la capacité de travail et souvent l'art de l'illusion, disons-le clairement. Le cumul des exercices écrits et oraux élimine les plus faibles, ce qui en fait un système hautement darwinien, propulsant les plus habiles vers les sommets, là où une rhétorique bien maîtrisée, des connaissances fort diverses, et l'habitude de la pression vous amènent à être compétent en une demi-heure sur n'importe quel sujet, dans n'importe quelle situation. Le fond importe peu, c'est la forme qui compte.

Au premier rang, Saunier vit Verdier et sa mèche blonde qui lui battait l'œil. En voilà un qui ira loin, pensa Stéphane. Verdier copiait, en une sorte de sténo personnelle qu'il avait dû inventer, la manne qui coulait des lèvres professorales.

Le plus parfait silence favorisait l'œuvre de concentration. Les neurones tournaient à plein régime, appuyés par l'autodiscipline et le goût de l'exigence et du travail acquis depuis l'enfance. Si Stéphane avait fermé les yeux, il aurait pu se croire tout seul, parlant dans le désert, mais non, ils étaient bien là, tous penchés sur leurs feuilles, à résumer ce qu'ils entendaient, à le synthétiser sous la forme la plus adaptée à leur structure mentale.

- Ce sont des généralistes doués pour faire croire qu'ils sont spécialistes du sujet dont ils parlent. Au pire, ils prennent connaissance très vite d'un topo qu'on leur aura préparé, et ils l'assimilent afin de paraître très informés dans l'heure qui suit. Au-delà, c'est parfaitement inutile. Dans la société du spectacle, le produit est forcément fugace, mais alléchant.

Bon, Messieurs, passons maintenant au cours. Nous en étions restés hier au événements qui ont conduit à la Guerre de Trente Ans, conflit européen extrêmement meurtrier et qui va modeler le centre du continent pour de longues périodes avant que la France, avec Mazarin, ne propose une solution acceptable avec le traité de Westphalie qui structure plus ou moins les relations actuelles entre états.

Alain Saunier, seul dans son bureau, réfléchissait à la condition de ses ouailles. Un moment de calme, c'était inestimable.

« Nous sommes des salauds », pensait-il. « Il faut savoir comment nous nous sommes comportés chez ses ancêtres pour comprendre Moussa. En République Centra-Africaine d'où il vient, les fachos du XIXème siècle ont pillé et réduit en esclavage sans vergogne pour s'approprier pétrole, diamants et uranium.

Les Français ont combattu les coutumes ancestrales, telle l'anthropophagie, qui correspondaient à une culture qu'ils ne comprenaient pas et n'avaient donc pas à juger.

Les missions religieuses et l'État avaient prôné le mariage monogamique et encouragé l'arrivée des colons. Il fallait se souvenir que beaucoup de ceux-ci, ayant des relations au gouvernement, obtinrent d'immenses concessions gratuitement. Il y eut du travail forcé et aussi des fuites de population dans des zones trop pauvres pour les accueillir. La répression s'abattit sur les malheureux qui n'avaient pas eu la chance de s'échapper. C'est dégueulasse ».

Il sortit un verre du tiroir de son bureau et une bouteille de Pastis. Il versa un fond du jaune liquide dans le verre puis attrapa le pack d'eau minérale qui ne le quittait jamais. L'intrusion de l'oxyde d'hydrogène produisit comme toujours et instantanément la perte de limpidité. Il adorait ce moment qu'il attendait toujours avec une petite exaltation. On lui avait expliqué pourquoi le Pastis perd sa transparence quand on y verse de l'eau. Ça avait à voir avec la Physico-Chimie mais il ne se rappelait plus bien l'explication.

Il se rappela une autre discussion avec son frère qui ne comprenait pas que Alain acceptât l'anthropophagie des anciennes tribus centre-africaines. Stéphane lui avait dit : « Je ne pige pas : tu milites pour les féministes qui disent que leurs corps leur appartient et tu ne soutiens pas les « dévorés » de cette sous-culture en leur concédant les mêmes droits, à savoir conserver ou contrôler leur corps intact ». Il ne se rappelait plus très bien ce qu'il avait répondu mais, grosso-modo, cela revenait à ne pas mélanger les torchons et les serviettes, puisque tout ressortissait du relativisme culturel, celui-ci n'ayant par définition pas d'échelle de valeur.

Stéphane l'avait regardé en paraissant se demander si son aîné avait tout son bon sens.

Il faudrait quand même, pensa Alain, ne pas trop associer l'alcool avec les médocs comme lui avait demandé son médecin... Risque à terme d'Alzheimer précoce, peut-être, dès cinquante-cinq ans. Et puis, pensa-t-il, le Pastis, c'est une boisson de fachos et de frontistes nationaux, raison de plus d'arrêter.

« Il faudra que j'en touche un mot à la prochaine réunion des profs. Il faut soumettre aux élèves une alternative. Le lundi matin, par exemple, s'il y a eu des problèmes dans les familles le week-end, ils arrivent stressés... Ils ne comprennent plus rien. On pourrait commencer la journée en leur demandant ce qu'ils souhaiteraient faire sans pression... Simple discussion entre eux et les accompagnants que nous sommes ».

Il avala une bonne gorgée de Pastis tout en avalant un autre comprimé d'Anafranil. Il sentit presque instantanément son corps se détendre. Ce n'était pas avec Aline qu'il en avait l'occasion, pensa-t-il tristement. D'ailleurs, il lui semblait, sans qu'il en ait une preuve quelconque, qu'elle tournait gouine. Il y avait une nana souvent fourrée avec elle... Et puis, qu'est-ce qu'il en avait à foutre après tout. Peut-être qu'elle demanderait le divorce un jour. Il serait bien temps d'aviser.

« Boisson de fachos, mais quand même pas dégeu. Dure à abandonner. Et par quoi la remplacer ? Du whisky ? ». songea-t-il.

Ça ne le branchait pas trop, le whisky. Il trouvait les écossais trop mono-culturalistes avec leurs traditions stupides, leurs cornemuses et les jeux de force qu'ils pratiquaient en kilts. Ils devaient aussi être fachos, pensa-t-il. Il se jura en tout cas de creuser la question dès que possible.

« De toute façon, l'idée du lundi matin, c'est une putain de bonne idée. On appellerait cela déstressage du week-end. Les profs allaient adorer. Moins de pression dans la classe, c'était aussi moins de tensions pour eux. C'était cela l'égalité, ne laisser personne au bord du chemin, donner une chance à chacun pour que chacun réalise son parcours de vie ».

Il avala une seconde gorgée qui lui parut meilleure que la première, Il rangea bouteille, médicament et verre dans le tiroir. Pas trop loin quand même car il en aurait besoin de nouveau dans l'après-midi.

Il se pencha sur son bureau où l'attendaient plusieurs courriers de l'Académie auxquels il serait de bon ton de répondre avant la fin de la journée. C'est en se penchant qu'il ressentit réellement les effets de l'alcool et du comprimé. Il avait la tête qui tournait.

En tout cas, ce n'était qu'une juste revanche que Moussa et les siens fassent ch... un peu ces Dupont-Lajoie ou Dupont-Gnangnan... Comme l'autre politicard facho, lui aussi, et aussi les flics de temps en temps. Oui, c'était cela l'égalité...

Stéphane, après son cours sur le Guerre de Trente ans, avait regagné son bureau. Il ferma la porte à clé ; ce n'était pas le moment d'être dérangé dans la délicate opération qu'il prévoyait.

Il s'assit, ouvrit le tiroir toujours fermé à clé et en sortit successivement une paille, un miroir qu'il avait emprunté à Béatrice depuis fort longtemps et un petit sachet. Il versa sur le miroir un peu de la poudre blanche prélevée dans le sachet, aligna soigneusement les grains, se colla la paille dans la narine gauche et, d'un coup, aspira la cocaïne. La rapidité avec laquelle la ligne disparaissait l'étonnait toujours. L'effet fut presque immédiat. Il ressentit une secousse puis l'impression que le monde s'élargissait, que ses idées s'éclaircissaient, alors que la dopamine fluait dans ses artères libérée par l'aire tegmentale ventrale en folie.

Il repensa aux semaines de folies précédentes. Au second tout, il avait voté Macron. Les propositions sociétales et immigrationistes du candidat de En Marche lui faisaient tordre le nez mais, en ce qui concernait le programme économique, c'était plutôt pas mal. On percevait entre les lignes la volonté du fringant banquier de faire suer ces feignasses de français. Il suspectait Macron de vouloir durcir les impôts mais n'avait pas pu trouver dans le programme officiel de véritables et claires propositions sur le sujet. Il fallait quand même se souvenir que le nouveau président venait de la couveuse socialiste. C'était quand même cela qui l'embêtait un peu, pas le fait qu'il avait fait carrière chez Rothschild.

Le directeur de Saint Ignace avait eu vent du petit exposé que Stéphane avait fait avant son cours et se proposa de le compléter légèrement. Il convoqua donc les différentes classes à partir de la seconde et leur expliqua quelques notions utiles pour leur choix de carrière et leur vie future :

- Les meilleurs sont des jongleurs qui se plaisent dans l'équivoque. Vous pouvez apprécier leur talent dans les média. C'est la musique des mots qui compte, bien plus que le fond. Le fond met toujours du temps pour parvenir à l'Entendement alors que la musique est immédiate. Pas de frottement mal venu et discordant entre les mots, rappelez-vous cela. Utilisez certains mots comme « oxymore » ou « paradigme ».

À terme, ce qui est intéressant quand on est un véritable artiste de la rhétorique, c'est l'art d'éviter les choix et les réponses univoques. Je vous en conjure, nous sommes tous tentés par les réponses univoques car c'est notre forme naturelle de pensée, mais cultivez cette capacité à rester dans l'équivoque et l'indéterminé, car ce sera toujours à votre avantage. Si votre interlocuteur s'estime floué, vous pourrez lui démontrer que c'est de sa faute car, ce qu'il a compris est, en grande partie, une construction de son esprit et non la réalité de ce que vous lui avez dit.

L'apprentissage de ces techniques est particulièrement facilité par le théâtre et une des meilleures pièces à cet égard est « Tartuffe ». Faites des pieds et des mains pour le rôle principal et vous en sortirez transformé.

La pratique modérée des philosophes pré-socratiques est également d'une grande aide. Parlez d'Héraclite et de son mouvement perpétuel, cela frappe toujours. Par exemple, des phrases telles que : « Il n'y a rien de permanent, si ce n'est le changement » ou « L'harmonie non apparente a plus de puissance que l'harmonie apparente » vous permet de passer à d'autres considérations le temps que votre interlocuteur ait compris ou non votre propos.

Évitez Platon, trop idéaliste, encore qu'on trouve, chez ce grand penseur, des considérations bien venues sur l'élitisme.

Il est absolument nécessaire de citer Tocqueville en toutes occasions. C'est comme la Bible, Tocqueville... On y trouve toujours la pensée ou l'écrit adaptés à la situation du moment. Donc, à mettre en tête de liste pour votre meuble de chevet.

Les citations sont une très bonne chose et si c'est en latin ou en grec, c'est encore mieux mais, attention de les sortir au bon moment. Trop tôt ou trop tard, pire encore à contre-emploi, et l'effet est raté.

Enfin, je vous recommande un excellent livre de Mr Bayard « Comment parler des livres qu'on n'a pas lus »

C'est un essai indispensable pour briller dans les salons. Après l'avoir parcouru, vous ne ressentirez plus la culpabilité de celui qui n'a pas tout consulté et qui, pour cette raison, s'interdit de se mettre en valeur., C'est une force nécessaire dans un monde en représentation perpétuelle.

Stéphane, de nouveau dans son bureau, avait apprécié à sa juste valeur l'exposé du directeur. Que des phrases adéquates pour ces futurs représentants de l'élite. Des idées et des concepts qu'ils n'auraient pas à découvrir par eux-mêmes et qu'il leur feraient gagner du temps.

Il sortit du tiroir, le miroir, la paille et le petit sachet, disposa une ligne blanche parfaite sur le miroir, une ligne qui respectait les principes de la géométrie. Il ferma les yeux, inséra la paille dans la narine droite et aspira...

L'effet fut de nouveau presque immédiat. Une onde de puissance l'irradia.

« Faut bien les faire ch... tous ces bas de gamme que génère notre société, tous ces parasites, ces assistés qui ne veulent pas se lever le matin, les laisser moisir dans leur situation d'aliénés, comme aurait dit Karl Marx, avec ce prétendu épouvantail de Le Pen comme garantie de perpétuation du système. Pas étonnant que le Florentin, ex cagoulard et décoré par Pétain en son temps, ait créé ce phénomène du Front National ex-nihilo. En voilà un qui avait tout compris. Élevé chez les jésuites lui aussi ».

Il s'étira, joignit les mains derrière la tête ; il se sentait parfaitement bien. Il n'avait pas besoin de l'alcool ou des médocs comme Alain.

« Avec les divertissements qu'on leur prépare, ils sont comme le taureau qui ne voit que le mouvement de la muleta et pas l'épée qui est derrière... Et puis, le petit Verdier, je pense qu'il sera bon... Un jour, peut-être, président de la République... Pas trop tôt pour y penser. Ça se programme à l'avance, ces choses là.

En tout cas, Verdier avait déjà, malgré ses quatorze ans, une surprenante maturité et cette roublardise de l'intellect qui donne des résultats stupéfiants avec les journalistes, enfin avec la plupart d'entre eux. Un petit, bien prometteur...

Tout le monde peut intégrer notre formation. Si on veut bosser, on peut y arriver. Pas d'excuses mal venues comme en ont toujours les parasites et les assistés. La preuve était que quelques boursiers méritants provenaient de cités défavorisées de Trappes et de La Verrière. C'était cela l'égalité ».

Stéphane se leva. Il était temps de retourner en cours, cette fois avec les élèves d'une des classes de Première, où il avait déniché quelques spécimens intéressants.

Récit 3 : Adrien

Brutalement, tout devenait plus clair pour Adrien. Les souvenirs multiples se pressaient dans ses circuits neuronaux, se chevauchaient, s'entrechoquaient et produisaient une silencieuse cacophonie électrique de signaux et d'hormones dont il était difficile de prévoir exactement ce qui en résulterait.

Il put tourner la tête et admirer la pointe terminale de la Tour Eiffel qui se détachait, telle un pic altier dans le ciel si bleu de Paris, un ciel serein à peine parcouru de légers stratus. La flèche d'acier était si proche et si lointaine à la fois qu'il en éprouvait presque un regret. C'était dur en définitive de s'abstraire de ce spectacle que des millions de touristes venaient admirer chaque année.

Il sentait le vent sur sa peau et la pression de milliards de milliards de molécules d'air caressant qui se mouvait en tourbillons imprévisibles.

Adrien se remémora les jours passés avec Ludo et surtout le dernier d'entre eux. Ludo lui avait permis d'accéder à des mondes qu'il n'aurait jamais imaginé pouvoir fréquenter auparavant. Ensemble, ils étaient sortis dans les boites homo et surtout celles où se pressaient les types en cuir, hyper-testostéronés. De vrais mâles, souvent moustachus, avec des casquettes à tête de mort et des chaînes qui pendaient partout, des mâles dont l'obsession se focalisait seulement sur les garçons ; plus leur virilité était affirmée et plus on était certain qu'ils pratiquaient une homosexualité dure et exclusive, où les femmes n'avaient aucune place, même comme amies. La musique qu'on entendait en ces endroits était à l'unisson, âpre et virile, avec souvent un aspect baroque ou théâtral inattendu.

Au début, Adrien avait craint d'être rejeté, pire moqué pour sa taille moyenne et son physique un peu malingre, mais les gros bras en question l'avaient curieusement plutôt bien accueilli, peut-être parce que Ludo, qui semblait avoir ses entrées partout, l'accompagnait. Oui, décidément, Ludo avait joué un rôle important dans sa vie et il était clair, pour toutes les éphémères connaissances d'un soir, qu'il étaient en couple.

Adrien n'avait jamais souscrit aux quelques avances qui lui avaient été faites, non pas que Ludo en eût conçu une quelconque jalousie, mais il ressentait la peur devant l'inconnu, devant ces types musculeux, poilus et au cuir odorant, devant leurs tatouages et l'ensemble des signes secrets et des non-dits qui les caractérisaient. Dans ses délires, il imaginait des perversions qu'il lui aurait été difficile de supporter.

Ludo n'était pas physiquement très différent, seulement un peu plus athlétique que lui grâce à sa pratique assez régulière de la salle de sport. Il montrait aussi plus d'assurance et plaisait aux filles par son bagout et son humour désinvolte. Adrien était presque sûr qu'il était bisexuel, mais préférait rester dans une incertitude rassurante plutôt que d'aborder sincèrement le sujet. Parfois, il envisageait des scénarios compliqués pour le faire, mais immanquablement, ceux-ci se recroquevillaient comme châteaux de sable sapés par la marée, dès que sonnait l'heure d'une possible discussion. Il préférait la situation telle qu'elle était, ambiguë et avec ses insatisfactions, car il pensait qu'une jalousie trop démonstrative aurait constitué le plus sûr moyen d'excéder son ami et, qui sait, de le perdre .

Mais malgré tous les efforts, Ludo n'était plus là et Adrien s'était effondré lorsqu'il avait découvert le matin même, dans la cuisine, un papier assez anonyme par lequel Ludo annonçait son intention de le quitter. Le papier était sec, sans âme, impersonnel. Il ne reflétait pas les sentiments apparemment éprouvés pendant une union de presque deux ans. Ludo n'avait pas cru bon d'inclure une recherche de style pour amoindrir l'amertume de celui qui venait de devenir son ex-compagnon. C'était clairement à la limite de la goujaterie, ce que Adrien ressentait comme une violente blessure, un coup de dague qui fouaillait son être profond et dont il ne pensait pas qu'il pourrait guérir un jour.

Il pleura pendant une durée qui lui parut interminable puis se résolut à écrire à ses parents, ce qu'il ne faisait pratiquement jamais, peut-être pour chercher la consolation et les sentiments associés dont il recherchait le goût lorsqu'il était enfant.

Lorsqu'il sortit pour poster la lettre, il savait parfaitement ce qu'il devait faire.

Il sentit le vent sur sa peau, plus fort que tout à l'heure, puis les visages de ses parents s'imprimèrent dans sa conscience. Combien avait-il pu souffrir de sa mère, trop présente, qui l'élevait pour ainsi dire dans ses jupes et de son père absent psychiquement et culturellement, sinon physiquement.

À ces deux géniteurs, il devait une partie des troubles qui l'avaient perturbé à l'adolescence. L'absence d'image paternelle avait constitué une douleur pour Adrien. La formation de son caractère s'était opérée sans référence masculine positive car son père était écrasé par son épouse. Il partait au travail le matin, rentrait le soir mais ne parlait presque jamais et ne montrait pas d'intérêt pour quoi que ce fut. Il ne se présentait pas à son fils comme un modèle, même imparfait et limité, comme essayent de le faire nombre d'adultes ayant charge de famille.

À l'adolescence, lorsque l'on se débarrasse des dernières illusions de l'enfance, Adrien avait commencé à le détester pour sa transparence et son indifférence. Il aurait voulu pouvoir lui crier de le sauver des jupes maternelles mais cela aurait été peine perdue. Adrien le savait par intuition et sa timidité naturelle, soigneusement entretenue, avait freiné toute tentative en ce sens.

Puis, il se revit, enfant jouant dans sa chambre, plutôt solitaire et mal-aimé par les autres de l'école primaire qu'il fréquentait. Ces gosses mal embouchés lui avaient mené la vie dure. Il s'en était ouvert à ses parents mais ceux-ci n'avaient jamais su ou pu comprendre ses angoisses et pourquoi il partait le matin à l'école, la boule au ventre. En plus d'une occasion, il se le rappelait bien, il avait dû demander au professeur, à sa grande honte, de sortir pour aller aux toilettes, et ce, trois ou quatre fois par cours.

Oh, bien sûr, ses parents avaient pris rendez-vous avec le proviseur et les parents des tortionnaires incriminés mais les mots échangés, des mots d'adulte passaient au-dessus de sa compréhension de l'époque. Cela ne l'avait pas soulagé et les choses avaient continué, inchangées ou presque.

Un autre souvenir balaya le premier, un souvenir qui s'ancrait dans les parfums des framboises écrasées dans la paume de la main au détour des chemins pendant les vacances. Ces arômes se rappelaient à son bon souvenir, avec leurs parfums subtils et les jus des fruits qu'on appliquait sur les joues des filles en été, juste pour les faire enrager. Il attendait tout l'année cette période car elle symbolisait une forme de liberté, toute nouvelle pour lui, à ses débuts. La première fois que ses parents avaient choisi la Provence comme destination de vacances, Adrien s'était fait des amis marseillais et l'amitié s'était poursuivie comme un rituel qui revenait chaque année à la même époque. Un certain bonheur naissait à chaque fois et durait quelques semaines, pendant lesquelles ses amis marseillais le consolaient des abrutis qui lui gâchaient la vie à Paris. C'était rituellement le même été qui revenait au bout d'un peu plus de onze mois, inchangé et rassurant.

Avec ces nouveaux copains, il avait parcouru les sentiers, découvert des aspects inconnus dans le cours banal de sa vie parisienne. Ces gosses étaient bien plus au fait que lui des multiples secrets de la Nature et lui avaient enseigné diverses choses sur la flore et la faune qu'on rencontrait au hasard des collines de Provence.

Ils lui avaient enseigné les parfums du serpolet, du thym de garrigue, des baies fugaces. Il aimait bien en ramener à sa mère car il avait remarqué qu'elle le laissait tranquille lorsqu'elle était occupée dans la cuisine. Les marseillais lui avaient appris comment on fume la clématite, chose qui ne serait jamais venu s'ancrer dans son imagination en banlieue parisienne. Oui, il avait eu des moments, sinon de bonheur, du moins empreints d'une certaine félicité, des moments qui rejaillissaient en lui avec une force qu'il n'aurait jamais soupçonnée auparavant. Globalement, sa mère lui foutait la paix pendant ces vacances et il se demandait bien pourquoi.

Mais après la période heureuse, s'annonçait la rentrée avec ses périls et le retour au giron maternel. Adrien en avait des frissons par avance et, à partir de septembre, la vie monotone recommençait, vie pendant laquelle sa mère névrosée s'imposait de nouveau inexorablement après l'intermède estival. Elle était là, comme toujours, omniprésente et soucieuse du bien-être de son enfant. Vingt-quatre heures sur vingt- quatre, c'était beaucoup trop pour Adrien et suffisamment pour l'étouffer. Elle avait toujours peur des rhumes précoces dès que l'hiver s'annonçait, des grippes pernicieuses avec leurs complications sournoises. Elle entourait son fils de cache-cols et d'écharpes avant qu'il ne parte en classe, ce qui augmentait encore les quolibets de ses tortionnaires. Mais, au seul péril qui le guettait vraiment dans l'enceinte scolaire, elle n'avait su apporter aucune réponse.

La difficulté qu'avait éprouvée Adrien à tisser du lien social provenait de cette surprotection, car, à quoi bon se fier aux autres de l'extérieur, lorsque tout vous incite à demeurer dans le giron protecteur, dans l'intimité de celle à qui vous devez tout. L'extérieur était dangereux, emplis de périls, lui disait-elle et il n'y avait pas le balancier d'une parole mâle pour le rassurer. Il n'y avait pas non plus le réconfort de celui qui vous emmène assister à un match de rugby, entre hommes, ou qui vous ouvre l'esprit sur le risque et sur les joies qu'on éprouve à en maîtriser les manifestations.

Les penchants homosexuels s'étaient manifestés assez tôt et sa mère s'en était rendu compte. Quant à son père, il paraissait indifférent. Adrien aurait préféré le reniement paternel à cette morne réponse ; il aurait voulu secouer cette statue glacée même au prix du bannissement comme cela était arrivé à d'autres adolescents qu'il connaissait.

Les désordres alimentaires s'installèrent et se manifestèrent par une boulimie peu ordinaire. Adrien avalait sans broncher pizzas, viennoiseries et pancakes recouverts de beurre d'arachide en un temps record. Il se sentait fort car personne de son école ne parvenait à l'égaler. Une fois, pendant la pause, il avait défié un des caïds de manger le maximum de chips en un minimum de temps. Il ne se serait jamais cru capable de cette audace, mais lorsqu'il s'agissait de nourriture, les choses étaient différentes. L'autre, méprisant, releva le défi mais dut s'arrêter après dix minutes, victime de haut le corps. Devant ses copains jobards, il se jura bien de ne pas laisser passer l'affront. Aussi, les jours suivants furent-ils encore plus terribles pour Adrien…

Sa mère, qui n'avait d'yeux que pour son protégé, prit au départ la chose du bon côté. Tant que son petit s'empiffrait, c'est qu'il était heureux. Même lorsqu'elle constata que son fils grossissait de manière incontrôlée, elle eut du mal à se résoudre à la réalité. Il fallut qu'un médecin l'alerte lors d'une visite scolaire de routine pour qu'elle quitte son état d'hébétude.

Adrien fut soumis à une diète sévère et le médecin préconisa des rendez-vous avec un psychologue, voire avec un psychiatre, si l'état ne s'améliorait pas dans les trois mois. Il avait bien perçu la détresse de l'adolescent qui était devant lui mais le cadre de ses interventions dans les lycées et collèges ne lui permettait pas d'approfondir la relations avec un patient qu'il devinait en souffrance.

Les rendez-vous furent donc pris avec un psychiatre par une mère qui, passant d'un extrême à l'autre, voyait déjà son fils perdu. Les rencontres commencèrent un mois de novembre, à un moment où l'humeur, calquée sur l'état du ciel, est souvent morose.

Adrien revoyait le psychiatre qui l'encourageait à se confier. Adrien n'aimait pas le bonhomme avec son haleine d'alcoolique, son nez trop fort et son regard en biais qui scrutait un monde intérieur qu'il se refusait à confier à quiconque. L'autre n'en avait cure et poursuivait une série de questions sans queue ni tête. Il lui montrait aussi des taches en lui demandant ce qu'elles signifiaient pour lui. Ce n'est que beaucoup plus tard qu'il sut que ce test était dû à un certain Rorschach et était censé éclairer la personnalité de celui qui s'y soumettait. Foutaises pensait Adrien... Il restait persuadé de pouvoir garder certaines choses cachées et ce n'était pas ce psy mielleux qui pourrait accéder à son jardin secret.

Adrien, de retour dans le giron accueillant, avait vomi, ce qui avait suscité une vague d'angoisse chez sa génitrice.

Sa première expérience avec un homme nettement plus âgé que lui s'était mal passée.. L'individu avait été brutal et n'avait pas su percer la carapace du jeune garçon qui recherchait surtout un substitut du père plutôt qu'une aventure sordide d'un jour. Un Mentor, peut-être, comme le professeur d'Histoire l'avait expliqué, ce qui avait suscité l'ébahissement des élèves lorsqu'on leur avait appris que l'homosexualité dans la Grèce antique était essentiellement un apprentissage entre maître et élève et qu'elle s'accompagnait de toute une série d'exercices destinés à acquérir une conscience supérieure de soi et du monde.

Adrien avait appris à cette occasion que les couples étaient formés d'un adulte, appelé éraste, et d'un adolescent, appelé éromène. Le caractère éducatif apparaissait dès lors que le jeune prenait son amant comme modèle et que l'aîné s'engageait à le protéger et à le respecter.

Les études n'avaient pas été particulièrement brillantes mais ses parents ne paraissaient guère s'en soucier. Son père, probablement travaillé par son indifférence habituelle, affirmait son détachement et sa mère, parce que ce qui comptait, c'était le bonheur de son fils et non la poursuite de chimères intellectuelles. Elle voulait simplement qu'Adrien exerçât l'activité professionnelle qui lui plairait.

Finalement, il avait intégré, après le Bac, une filière de design artistique où il pouvait utiliser sa créativité et son goût pour le dessin. C'est là qu'il avait rencontré Ludo au cours de la troisième année. D'autres étudiants affichaient ouvertement leurs penchants pour un sexe identique au leur. Au début, Adrien s'en était étonné mais Ludo lui avait dit que, dans ces milieux, c'était plus courant que parmi les ingénieurs du Privé ou parmi les militaires, encore que la Grande Muette gardait un silence glacial sur la réalité des casernes.

Le vent avait encore forci. La pointe de la Tour Eiffel était maintenant plus éloignée. Les moutons blancs paressaient dans l'azur, indifférents aux souffrances des humains.

Un autre souvenir s'immisça dans son cerveau. Il adorait lire dans sa chambre et s'abstraire de la triste réalité qui, trop souvent, l'entourait. Il pouvait rester ainsi des heures, le nez dans un bouquin et le temps s'écoulait indifférent, sans apporter de nouvelles désagréables, sans événements inattendus qu'il redoutait plus que tout.

Il se revit enfant, alité avec la grippe, *l'Île aux Trésors* d'un côté de son lit, et *20.000 lieues sous les Mers* de l'autre.

- Tout va bien, mon chéri ?
- Oui, maman.
- La fièvre est-elle tombée un peu ? Sinon, je rappelle le docteur.

Ne pouvait-elle pas lui foutre la paix cinq minutes ?
- Je crois.
- Ne lis pas trop... Tu t'abîmes les yeux et n'oublie pas d'éteindre la lumière.
- Cinq minutes, maman.

La porte se refermait et il ressortait les livres. Il se revoyait, comme à l'époque, Jim Hawkins ou Capitaine Nemo. Il avait lu quelque part que *Nemo* veut dire *Personne* en Latin. Il s'était enquis auprès de son oncle de cette particularité qu'il ne comprenait pas : pourquoi Jules Verne avait-il nommé ainsi son héros ? L'oncle lui avait répondu que, probablement, *Nemo* symbolisait celui qui vit sous l'écume de l'océan, qui agit dans le monde mais qu'on ne voit pas. L'explication en valait une autre.

Adrien tourna la tête vers le sol et vit clairement quelques pâquerettes sur l'herbe. Il sentit aussitôt leur odeur pendant une durée qui lui sembla s'étirer considérablement.

Il ne lui restait plus que quelques dixièmes de seconde avant de s'écraser sur le Champ de Mars. Il se rappela distinctement avoir cisaillé la clôture de protection et sauté du deuxième étage. Il avait calculé qu'il ne fallait qu'un peu plus de six secondes pour arriver au sol.

Puis ce fut le noir complet et définitif.

Récit 4 : Petits déboires de banlieue

Kader eut juste le temps de pousser la porte des chiottes. Une fusée verte jaillit et atterrit pile dans le trou des toilettes à la turque. L'Arabe se plia ; qu'est-ce que cet enfoiré de Boubacar avait bien pu lui refiler hier en échange de son aide ?

Il sentit l'acre liquide remonter dans ses narines... Encore un coup à se choper une angine et une rhinite carabinées.

« Putain de sa race », pensa Kader, « putain de sa sale race »
Alors que les spasmes s'estompaient, il rappa dans sa tête :
« Elle sait bien faire des pipes par cœur
Ta pute de sœur...
Bouba, crois-moi, je la veux pour moi
Enfoiré de toi ».

Il faudrait qu'il montre ça à Doctor Metrix et les autres. Qui sait ? Une bande vite faite et peut-être le jackpot...

Mais d'abord, se remettre les tripes à l'endroit.

De nouveau, une remontée. Il appréhendait ce moment qui précède, moment encore pire que la gerbe elle-même, car les soubresauts de l'estomac ne conduisent pas toujours à vomir.

Une nouvelle fois, il se pencha. L'acide lui passa dans les narines et coula poisseusement dans la cuvette ; un filet resta accroché comme une morve indésirable. Il en avait marre... Il se moucha.

La veille, Boubacar et Kader avaient passé une partie de l'après-midi au MacDo pour discuter de leurs petites affaires.
- Cousin, avait dit Boubacar, je grimpe dans le business... Il doit y avoir une méga-livraison très bientôt, un Go Fast de Belgique, et tu auras ta part...

Puis, il lui avait refilé des petits sachets de papier blanc censés contenir des pastilles, merveilles des merveilles pour des trips d'enfer super agréables et qui ne provoquaient pas de descente infernale, des pastilles qui venaient d'un labo californien, selon Boubacar.

- Pour te récompenser, Cousin, parce que t'as bien bossé... Ça coûte un max de blé mais ça les vaut ; maintenant, t'es un vrai, presque un black.

Kader n'était pas sûr de prendre cela pour un compliment mais se contenta de mettre les sachets dans sa poche.

- Cool, avec toi, je vais me les faire en or, reprit l'Ivoirien, et tu seras dans mes prochaines combines avec un bon pourcentage.

Kader s'était acoquiné avec le Noir presque sans le vouloir. En fait, il avait commencé à le fréquenter par le biais d'une des petites putes qui alimentaient la caisse de Boubacar.

Un jour qu'il sortait de la mosquée, il avait vu la fille adossée au mur d'un entrepôt désaffecté près de la cité qu'il habitait. Il avait remarqué que la fille le regardait avec insistance. Qui ne l'aurait pas remarquée ?

« Mineure ou pas, va savoir avec ces blacks », avait pensé Kader. Si la raison l'incitait à la prudence, les formes de la fille constituaient un sacré contre-balancier.

- Dis-moi, petit beur, t'as pas envie de te détendre ?

« Petit beur, connasse...». La réaction parcourut Kader comme une onde électrique.

Puis il se reprit ; s'il y avait eu un risque quelconque, la fille ne l'aurait pas abordé. Elle avait visiblement l'habitude de ce genre de situation et les keufs devaient par conséquent être loin. Mai,s tout à fait logiquement, Kader se méfiait des nègres et des négresses.

La plupart dans la cité et aux alentours fréquentaient les Églises Évangéliques... La zone, quoi. Des kouffar en somme selon l'imam qui l'avait pris sous sa coupe.

- Pourquoi pas ? Qu'est-ce que tu proposes ? s'entendit-il répondre.

- 40 euros la pipe et le double pour le reste. On va en bas, les frères ont installé un coin tranquille et kiffant.

Kader avait quarante euros, reliquat du deal de la veille dans un lycée de petits bourges à cinq kilomètres de là. La moitié de la tune, il l'avait donnée à sa mère.

- OK pour la première option.

Kader avait quand même une forte envie de savoir l'âge de la Noire. Mais pas la peine de l'interroger, elle ne ferait que l'embrouiller et lui raconter des salades. Il fallait faire confiance, même si cette attitude n'entrait pas dans ses réflexes habituels.

La pute se mit à sourire, ce qui révéla des dents d'une blancheur surnaturelle.

« Mais comment font-ils ?, Bordel, comment font-ils pour avoir des dents comme çà ? Pas juste ».

La fille commença à avancer en balançant son arrière-train. Comme beaucoup de blackos, songea Kader, ses fesses débordaient dans le jean trop serré. Sûrement qu'à trente piges elle aurait des vergetures.

La fille lui fit signe de la suivre tout en lui décochant une œillade. Kader se mit en marche, les mains dans les poches. Il regardait à droite et à gauche, tachant de détecter d'éventuels keufs. Il n'avait pas envie d'avoir des emmerdes parce que la fille aurait été mineure.

Ils parvinrent à une entrée de cage d'escalier, noircie par les tags. En entrant, Kader se rappela que c'était au même endroit qu'ils se rassemblaient avec ses potes deux ans auparavant. Certains tags qu'il reconnut étaient dû à son talent, ce qui le gonflait de fierté. Un bon tag, c'était une reconnaissance et un passeport dans la cité... Être un artiste en somme, quelqu'un qui avait quelque chose à dire, pas comme ces tordus qu'on voyait à la télé, souvent chauves, avec des queues de cheval et des accents d'Europe de l'Est, en trait de se torturer les méninges et de s'interroger sur les messages tellement obscurs qu'il fallait deux heures d'exégèse à des bouffons pétris d'importance pour disséquer un tableau avec deux traits rouges et un trait noir sur fond blanc.

À part cela, rien n'avait changé dans la cage d'escalier... L'ascenseur en panne comme au bon vieux temps.

La pute descendit les marches qui menaient à la porte de la cave, sortit une clé de son sac à main et ouvrit le pêne. Elle fit de nouveau signe à Kader de la suivre dans l'étroit boyau.

Au bout d'une vingtaine de mètres, ils arrivèrent à une porte banale, une porte de cave comme il y en avait des centaines dans la cité. Elle frappa selon un code personnel puis la porte s'ouvrit.

Un black s'encadra sur le seuil. C'était Boubacar, puis un autre, aux forts biceps, avec un tee-shirt portant une gueule de rappeur quelconque et un texte en anglais, se montra également dans l'entrebâillement.
- Qu'est-ce qu'elle veut ma jolie gazelle ?, demanda le Black
- Bouba, c'est un client...
- T'as la tune, mec ?
- Ce qu'il faut pour la gâterie promise.

Boubacar se permit un sourire enjôleur qui contrastait nettement avec l'accueil froid, l'argent jouait un rôle de lubrifiant irremplaçable dans les relations entre ethnies de la cité.

Kader vit que ses dents n'avaient rien à envier à celles de la gazelle.
- Tant mieux, tant mieux.

Il s'écarta tout en faisant signe à Kader d'entrer. La pièce était inattendue... Grande et bien aménagée. Rien à voir avec une cave en sorte. Des rideaux délimitaient des lieux d'intimité où on trouvait couchettes, petites tables et autres commodités.

Devant l'étonnement de Kader, l'Ivoirien se crut autorisé à donner quelques explications.
- Man, on a bossé, Ouais... On a bossé plus que jamais pour enlever la cloison de l'autre cave et s'agrandir.

Kader se dit que de toute façon, personne ne se serait inquiété du bruit et même si quelqu'un avait suspecté quelque chose, la loi locale incitait à garder ses interrogations pour soi.
- On a installé de quoi se laver avec une dérivation qu'on a piqué. Il y a six mois, il y a eu une coupure d'eau... Tu crois que c'était par hasard ? Non, on a coupé la flotte de tout le bâtiment pour couper les tuyaux et raccorder le nôtre. Ensuite on a arrangé nos lavabos, les différents espaces, etc...

Kader ne put s'empêcher d'être admiratif. Ces cons de Négros avaient planifié leur coup pour monter ce joli bordel dans une cave loin des regards indiscrets et avec un confort meilleur que celui qu'on trouvait en d'autres lieux.

Ils auraient presque mérité d'être musulmans, pensa l'Arabe.

Un autre Noir sortit de la pièce, un Noir que Kader n'avait pas détecté avant. Plus mince et plus petit que l'autre, mais avec une tête de furieux ou de psychopathe. On avait beau dire, on porte sur soi l'intérieur de son âme, pensa Kader. C'était dans le Coran.
- Maintenant, man, aboule le fric.

Kader tendit ces quarante euros à Boubacar, tout en jetant un nouveau coup d'œil périphérique au sous-sol.
- J'aimerais mieux que vous sortiez, j'ai pas l'habitude qu'on me mate !!
- Ah ça, mec, c'est pas possible... On doit rester près de nos petites. Tu comprends, des fois qu'un tordu voudrait gâcher la marchandise. Mais flippe pas, on est discrets et pas voyeurs.

Kader n'avait pas le choix. Les quarante euros avaient disparu comme par magie dans la poche de l'ample survêtement du Noir.

La fille, qui n'avait pas moufté pendant la discussion, attrapa Kader par la main et l'entraîna dans un recoin, tira le rideau jaune canari avec des fleurs merdiques.
- Il faut te laver l'oiseau, mon petit... Il y a le lavabo et du savon.

Kader s'approcha du lavabo, déboutonna sa braguette et commença à savonner sa verge. Il la sentit durcir sous ses doigts. Allons bon, il avait la gaule et en plus envie...

Il se tourna vers la fille qui attendait assise sur la couchette, une lueur mutine dans le regard.
- Comment tu t'appelles ?, crut-il bon de demander.
- Naminata... C'est plutôt cool que tu demandes mon prénom. En fait, c'est rare. Les mecs, ils veulent tirer leur coup et le reste, ils s'en foutent.

Kader aussi voulait tirer son coup. Il avait demandé le prénom par réflexe, sans s'en rendre compte, peut-être un léger reste de l'éducation voulue par son père.

Quand il eut terminé sa petite affaire, Kader ressortit dans le local. Il constata que deux autres clients, des blacks, étaient en train de bavarder avec Boubacar. Puis, les deux types entrèrent chacun dans une cabine où les attendaient d'autres pétasses du cheptel de l'Ivoirien.

- Ça t'a plu, mec, demanda celui-ci
- Pas mal. Elle a un bon entraînement.
- On veut la satisfaction du client. Tout doit être réglo... Tu payes pour ce que tu reçois.

Kader, les sens apaisés, ressortit de la cave, non sans que Boubacar lui ait confirmé qu'il serait toujours le bienvenu.

Kader, les jours et semaines suivantes, devint un habitué du bordel souterrain. Dès qu'il avait un raide issu de ses petits trafics, il le dépensait dans la cave, soit avec Naminata, soit avec une de ses copines. Il ne préférait pas plus l'une que l'autre, chacune avait son charme et ses qualités.

À force de les fréquenter, naquit entre les blacks et Kader, sinon une certaine forme d'entente, du moins la sensation qu'ils pouvaient être complémentaires et se servir l'un l'autre. Pour étendre son business vers les établissements scolaires huppés de la grande banlieue parisienne, Boubacar avait besoin d'aide ; il pensait avec raison que ce n'étaient pas ses acolytes, ivoiriens comme lui, maliens ou ghanéens, qui pourraient l'aider. Aux alentours des lycées de bourges, ils auraient été trop visibles, alors qu'un petit beur pouvait plus facilement se fondre dans le paysage pourvu qu'il consente à un effort vestimentaire et, surtout, qu'il enlève sa putain de casquette.

Et en matière de vêtements, Boubacar pensait en connaître un rayon...

Une fois que Kader était venu se faire reluire, le Noir lui avait dit que c'était cadeau aujourd'hui et que ça pourrait même l'être définitivement en cas de coopération bien comprise.

Kader avait été surpris. Dans les cités, il n'y a pas de cadeaux... Que voulait le Black ?
- J'ai besoin de quelqu'un, Cousin, lui annonça tout à trac Boubacar.
- M'appelle pas Cousin, merde... On n'est pas de la même race.

Boubacar ne se formalisa pas de la remarque et éclata d'un gros rire.
- Cool, mec, cool... T'es vénère et tu sais pas ce que je vais te dire... T'es prêt ?

Devant le silence de Kader, Boubacar se lança.
- Je t'ai bien regardé depuis plusieurs semaines et j'ai l'impression que t'es réglo. Je veux dire pour bosser avec moi. En fait, j'aurais besoin de quelqu'un pour distribuer la came dans les lycées des banlieues du 78 et du 92... Mais pas n'importe quels lycées, seulement ceux des petits cons de céfrans de merde. La dope, elle vient de Belgique, de Hollande ou d'Espagne. L'Espagne, c'est surtout la beu et le hash. Les autres, c'est la coke principalement, le crack et aussi l'ecstasy que mon contact garantit avec peu de MDA et de caféine. Il y a de temps en temps des médocs, éphédrine, amphétamines, MXE et autres.
Kader ne répondit pas tout de suite. Il réfléchissait.
- Qu'est-ce que j'y gagne ?
- 10% au début sur les ventes. Après, on verra si tu peux devenir un véritable associé. T'as tant de doses le matin, chacune vaut tant, et le soir, tu te pointes avec la tune, les sachets restants et je te file tes 10%. En plus, t'as droit aux minettes gratos... Illimité, parole de Black...
- Ouais, pourquoi pas ?
- Viens, il faut des fringues un peu moins nulles..
Boubacar et Kader sortirent de la cave et se dirigèrent vers le parking. Le black ouvrit à distance les portes d'une BMW série 500. Kader en montant à l'intérieur, pensait qu'aider le Noir dans ses affaires pourrait bien constituer un bon investissement.
Les sièges étaient moelleux et on pouvait étendre les jambes ; ça changeait des meules pourries qu'il volait à la va-vite.
Boubacar démarra comme un furieux en faisant crisser les pneus. En moins de cinq minutes, il avait traversé la cité à fond et emprunté deux rues en sens interdit. Finalement, la voiture s'arrêta devant ce qui ressemblait à un entrepôt d'une zone sans âme. Boubacar en descendit et fit signe à Kader de le suivre. La porte métallique s'ouvrit au troisième coup frappé. Encore un Noir, pensa Kader en voyant le type ouvrir la porte. Ils pénétrèrent dans le hangar immense et rempli de caisses, de cartons à moitié ouverts et, surtout d'une multitude de fringues de toutes les formes et de toutes les couleurs.
- Mate, Cousin... Que des objets tombés du camion.

Kader était trop abasourdi pour relever l'épithète de « Cousin ». Si l'Ivoirien, l'amenait là, c'était bien entendu pour modifier son apparence, selon des préceptes vestimentaires connus seulement des Blackos. Il était bien connu que ces mecs étaient particulièrement sensibles à leur apparence. Kader pensa qu'il lui faudrait s'habituer à son nouveau look, gage de rentrée d'argent, plus qu'il n'en avait peut-être révé.

Après avoir fait provision de fringues, les unes voyantes, les autres sérieuses, Boubacar et Kader sortirent de l'entrepôt.

Les jours suivants, l'Arabe commença sa nouvelle vie. Il partait visiter les lycées intéressants mentionnées par l'Ivoirien, emportait hash, cocaïne, ecstasy... Boubacar avait insisté pour que Kader tâte le terrain discrètement. L'ecstasy pour les plus aventureux avait-il dit, mais le crack, c'était dangereux et il le réservait à d'autres contacts et aux vrais junkies. Pas question que ça dérape chez les bourges où on pouvait se faire un petit business pépère et lucratif. À Kader d'aviser sur le terrain.

Au bout d'une semaine, Kader avait posé les bases de son trafic et avait commencé à payer l'Ivoirien et à se faire des rentrées d'argent.

Un jour, il avisa Boubacar qui sortait du temple évangélique. Le Noir le vit aussi et initia la conversation.
- Mec, ça paraît bien démarré... Avec moi, tu feras de grandes choses.
- Je croyais que, dans ta religion, on pouvait pas dealer, c'était péché.
- J'implore le Seigneur de me faire prospérer et ça marche. Tu crois que si c'était vraiment péché, je gagnerais de la tune ? Et toi, qu'est-ce qu'elle dit ta religion ?
- L'imam, il dit que tout ce qui peut faire chier les gaulois est bon pour nous. La drogue aussi, donc. On abrutit leur jeunesse sans qu'elle se rende compte. Le pied quoi... Et puis la dissimulation est encouragée dans le Coran, la Taqîya, Mec...

Boubacar partir d'un gros rire.
- Cool... Nous, on a des décennies de colonisation à rattraper.

Sous la lumière glauque des néons du MacDo, Kader examinait Boubacar. La salle était déprimante avec ses couleurs passées. Le Noir et l'Arabe s'étaient collés dans un coin pour être tranquilles, loin de petites pétasses qui gloussaient bêtement.

« Devraient être à la maison, salopes et les décolletés, incitation au matage panoramique et à ne pas être respectées... Putains de parents », pensa Kader.

Les serveuses paraissaient esquintées à la fin de leur journée. La mauvaise lumière leur donnait un teint de malades, peu attractives sur le plan commercial.

Kader décida de se replonger dans la conversation du Black qui lui avait annoncé le Go Fast belge.

- C'est quoi ma part ?
- Cette fois, 20%... Et puis, puisque je suis content, tiens, prends ces pilules... Tu vas voir, ça fait planer sans que tu sois la tête à l'envers le lendemain.

Tout en disant cela, Boubacar tendit à Kader deux petits sachets de papier blanc.

La dernière fois qu'il avait vu l'imam à la mosquée après la prière, celui-ci lui avait dit qu'il fallait qu'il fasse attention à ses fréquentations. On n'était pas frères pour la simple raison des colonisations et des souffrances. Non, il y avait bien plus en vérité et le Livre le disait bien. Il fallait accepter l'incréé et s'y soumettre.

L'imam prit Kader par le bras et le conduisit vers le seuil, là où pouvait s'observer un pâle soleil luisant entre les arbres décharnés.

- Frère, je sais que ton cœur est pur et que tes actions complaisent au Dieu Tout-Puissant. Rappelle-toi la parole de la sourate 9, verset 23 : « *Ô vous qui croyez ! Ne prenez pas pour alliés, vos pères et vos frères s'ils préfèrent la mécréance à la foi. Et quiconque parmi vous les prend pour alliés... ceux-là sont les injustes* ».

Donc, si tes frères et ton père, tu ne peux pas les prendre pour alliés, garde-toi de celui qui est Noir, dans l'erreur et qui se dit ton frère. Et puis n'oublie pas la sourate 4, verset 56 : « *Certes, ceux qui ne croient pas à Nos Versets, nous les brûlerons bientôt dans le Feu. Chaque fois que leurs peaux auront été consumées, nous leur donnerons d'autres peaux en échange afin qu'ils goûtent au châtiment. Allah est certes Puissant et Sage!* ».

Si tu ne te perds pas, tu peux faire beaucoup pour la cause... Je t'observe et je sais ce que tu pourras accomplir si tu dépasses tes limites actuelles... Un jour bientôt, peut-être avec nos frères de l'Oumma.

Kader était sorti un peu décontenancé. Il avait retiré de la discussion qu'il fallait rester sur ses gardes et se méfier encore plus de Boubacar et de sa clique. Il eut un instant l'envie de renoncer aux trafics proposés par l'Ivoirien, mais cette envie dura peu, la convoitise de gains faciles étant finalement plus forte que les paroles de l'imam.

Puis, il pensa aux *chibanis,* pour lesquels il n'éprouvait aucune pitié. Ces cons étaient venus dans les années cinquante et soixante pour se faire exploiter chez Renault, dans la sidérurgie ou ailleurs, par les colons. Bien fait pour eux... De plus, ils avaient abandonné les traditions, avaient tenté de s'habiller à la française, mais sans y réussir puisque, rituellement, on les traitait de crouilles à cause de leur fringues reconnaissables à un kilomètre et qui les faisaient passer pour des épouvantails déguisés. Ils s'étaient tués à la tâche... et ils avaient prié dans des hangars de fortune sans exiger de lieux corrects... Heureusement qu'aujourd'hui, les mosquées poussaient harmonieusement suite aux deals passés entre les Gaulois et les frères du Golfe.

Kader finit de se moucher. Il lui fallait quitter les toilettes, cela faisait une heure qu'il s'y était réfugié pour dégobiller tout à son aise. Il se sentait légèrement moins mal. Tu parles, les sachets blancs de Boubacar... Il aurait dû se méfier. Les frères et l'imam l'avaient pourtant prévenu. On ne fait pas confiance à un Noir, sauf s'il est croyant et membre de l'Oumma. Mais, cette embrouille ne resterait pas impunie, se promit Kader.

Le commissaire Perrazzi était perplexe et pas mécontent devant le spectacle qui s'offrait à ses yeux. Dans la poubelle, dont le couvercle gisait sur le trottoir, se trouvait la tête de Boubacar, adroitement décolletée de son corps. Les papiers, les restes de hamburgers et les canettes de bières et de Coca poissaient du sang du Noir.

Sur l'affreuse blessure, la coagulation avait fait son œuvre et, détail macabre, quelques prospectus étaient restés attachés au cou lorsque le technicien de la Police Scientifique avait voulu sortir la tête pour examiner la section nette et précise.

- Un coupe-chou, Commissaire, ou un truc dans le genre. En tout cas, pas quelque chose qu'on trouve chez Casto facilement...

Perrazzi se contentait de sourire mais le technicien, s'il était surpris de l'attitude ou de la réaction de l'officier, se garda bien d'en faire la remarque.

Le périmètre avait été sécurisé. A quelques mètres, se trouvait l'ado black qui avait trouvé les restes de l'Ivoirien en voulant jeter sa canette dans la poubelle. Il ne semblait pas trop troublé.

« Déjà blasé, le môme », pensait Perrazzi en le regardant « Ils en voient tellement sur Internet de toute façon »

- Vous embarquez tout ce bazar, ordonna Perrazzi. Les empreintes ont bien été prises ? Les photos aussi ? Parfait. On peut lever l'ancre.

L'expression, rituelle dans la bouche du Commissaire, amusait toujours son adjoint, un Lyonnais pur jus qui ne souhaitait qu'une chose, retourner dans les collines du Beaujolais pour arrêter de petits voyous moins tordus que ceux qu'il côtoyait en banlieue parisienne. En effet, Perrazzi était un Corse de l'intérieur et ne voyait pratiquement jamais la mer lorsqu'il se rendait sur la terre de ses ancêtres, sauf quand il débarquait à l'aéroport d'Ajaccio.

- Quand est-ce que j'aurai les résultats d'analyse ?, demanda Perrazzi.

En fait, les résultats, il s'en foutait, mais le technicien ne pouvait pas le savoir.

- Demain vers midi, Commissaire.
- Bien. Bon, allons-y.

La nuit était tombée depuis deux heures mais dans une cave discrète, cinq noirs avaient sorti deux Kalach, un Sig Sauer et deux fusils à pompe. Tout était silence, chacun exécutant sa tâche avec sérieux et professionnalisme.

L'objectif fixé par le lieutenant de Boubacar était la bande de Rebeus qui dealaient tous les soirs derrière la zone commerciale dans une rue tranquille, mal éclairée et sans caméras. L'endroit idéal pour un petit règlement de compte des familles.

Les noirs sortirent de la cave avec des sacs de sport où étaient dissimulées les armes et se dirigèrent vers une Audi sans plaques. Ils ne savaient pas que Perrazzi et deux autres flics en civil étaient en planque pas très loin, mais extrêmement bien cachés et à l'abri des chouffeurs de la cité.

- Regardez, Commissaire, ces connards partent en expédition, dit Fabre, un natif de Gaillac, cent kilos de muscles entraînés depuis son plus jeune âge aux rudes exigences et aux bourre-pif des mêlées du Sud-Ouest menées sous des cagnards d'enfer ou des gelées paralysantes tout le long de l'année.

Perrazzi se mit à sourire.

- On a eu le nez creux la fois où on a chopé le Bouba en garde à vue et qu'on a remplacé, sans qu'il s'en rende compte, ses pastilles californiennes par un puissant vomitif. J'étais sûr que ça exciterait les beurs avec leur complexe de persécution à fleur de peau et leur rapidité à glisser vers les solutions extrêmes... Messieurs, on va se marrer ; en tout cas, la Société va être débarrassée, avec un peu de chance, de quelques parasites, mais personne ne nous en saura gré malheureusement. Saloperie de société qui nous oblige à rester dans l'ombre... On devrait nous donner des médailles, bordel de merde.

- Vrai, Commissaire, une putain de bonne idée, conclut Legendre.

Récit 5 : Les gardes de Solange

Solange était assise dans la salle de garde. Elle ne détestait pas ces heures creuses et mornes pendant lesquelles on rêvasse en attendant l'appel des soins. L'hôpital avait estimé qu'elle pourrait en être dispensée compte tenu de son âge et du fait qu'il y avait plusieurs jeunes infirmières prêtes à plusieurs gardes par semaine pour arrondir leurs fins de mois.

Mais Solange avait insisté, expliquant que, pour des raisons pas très claires, elle dormait mieux le jour que la nuit. N'ayant pas de charge de famille, l'argument avait porté, mais ses collègues plus jeunes lui gardaient rancune de son égoïsme.

En réalité, les gardes de nuit permettaient un accès plus facile aux armoires à pharmacie, un accès dont Solange connaissait tous les secrets, mais cela, aucune de ses collègues ne pouvait le soupçonner.

Un brouhaha dans le couloir. Une porte qui bat violemment et un jeune interne surgissant, à la limite de l'affolement, accompagné de deux infirmiers. Les trois hommes couraient en poussant le chariot médicalisé.

« Encore jeune, le Stéphane, c'est pour ça », pensa la femme. « Ça lui passera. Il se croit dans *Urgences,* ma parole ».

Le brancard, devant lequel courait le jeune Stéphane, était équipé de divers porte-tuyaux qui pendouillaient entortillés par la hâte avec laquelle on les avait installés. Ils se raccordaient aux bras décharnés d'un homme dont la tête livide seule dépassait du drap. Les porte-tuyaux brinquebalaient du fait des très légers soubresauts enregistrés à chaque passage sur les joints des dalles du couloir. Le masque à oxygène couvrait à moitié la face et rajoutait au caractère grotesque et dramatique de la scène.

Solange s'écarta, puis se précipita pour pousser la porte battante. Elle avait suffisamment d'expérience de ces situations pour réagir inconsciemment selon une logique procédurale depuis longtemps ancrée dans le cervelet. Elle attrapa le bloc-notes que lui tendit Stéphane et accompagna le chariot.

- Arrêt cardiaque et défibrillateur appliqué par les pompiers en urgence dès intervention. Le pouls est reparti mais reste très faible, crut bon d'informer Stéphane.

Le mec a de la chance car il est tombé dans la rue devant des témoins. Les pompiers sont arrivés en trois minutes.

La salle de réanimation se situait heureusement à peu de distance du couloir d'entrée. Le chariot fut installé à côté d'une couchette et les deux infirmiers attrapèrent le corps qu'ils installèrent rapidement sur le matelas.

- 150 mg de Streptokinase et 25 mg d'Actilyse en injection immédiate, ordonna l'interne.
- Tout de suite, répondit Solange.

Un autre infirmière se précipita.
- J'ai prévenu Bastien... Restez à côté.

Les deux infirmiers avaient branché le moniteur et les bips monotones commencèrent à résonner dans la pièce. L'ECG démarrait, le tracé verdâtre s'afficha sur l'écran avec ses petits pics faibles et ses zones plates. Solange et sa collègue avaient suffisamment de connaissance de l'appareil pour se rendre compte que le tracé était tout, sauf normal.

Bastien viendrait dans les cinq minutes pour analyser les résultats. Crise cardiaque avec ou sans Stemi ? Le cardiologue arriva presque en courant, tout en boutonnant sa blouse.
- J'étais en train de me taper un sandwich, crut-il bon de préciser en souriant.

Il n'avait pas l'air particulièrement angoissé. Il faut dire qu'il exerçait depuis dix-huit ans dans cet hôpital et qu'il avait vu défiler toutes les pathologies possibles ayant trait au cœur.
- Angioplastie et endoprothèse au niveau poignet... On a demandé le bilan sanguin et la numération ?
- On vient d'arriver, Docteur.
- Merde et Machin, là... comment vous l'appelez déjà, Stéphane... il n'a rien demandé ? Bon, grouillez vous, pas le temps de rechercher les responsabilités. Anesthésie locale...

La collègue de Solange avait sorti le produit et la seringue. Elle piqua professionnellement le poignet.

Une fois le stress initial surmonté, les gestes se firent de plus en plus précis et rapides, puis Bastien reprit la parole.
- On va laisser le bazar en place et voir comment ça évolue., Avec les médocs, ça devrait quand même aller. En tout cas, au niveau ECG, c'est pas pire.

Il n'y avait plus qu'à attendre, l'urgence était passée.

Une heure passa ; l'ECG s'améliorait clairement. Bastien sortit, non sans recommander une surveillance continue.

Solange consulta la fiche de l'homme qui était allongé sur la couchette et sursauta. L'homme s'appelait Raymond Dupuis mais elle ne le connaissait absolument pas. Il s'agissait d'un inconnu qui n'avait jamais croisé son chemin de vie... Néanmoins, elle ne put s'empêcher de penser : « Raymond, ce très cher Raymond ».

Sa décision fut prise. Elle se tourna vers sa collègue.

- Annie, tu peux aller te reposer maintenant, Cela fait plusieurs heures que tu es sur la brèche alors que moi, je me suis prélassée pendant ma garde sans rien avoir à faire.

Annie ne se le fit pas dire deux fois. Elle ramassa ses affaires.

- Tu veux un café ? Je vais à la machine et je te le rapporte.
- Avec plaisir.

Annie sortit puis revit au bout de deux minutes avec les deux gobelets.

- Tiens... Tout chaud, sorti du ventre de la machine.
- Merci.

Les deux femmes sirotèrent le jus médiocre, puis Annie s'en alla cette fois pour de bon de la pièce.

Solange éteignit la lumière, laissant juste la veilleuse en tête de lit ; elle regarda la forme immobile étendue sur le lit, tandis que l'appareillage projetait son halo verdâtre, annonciateur de bonnes ou de mauvaises nouvelles selon les cas. Les bips s'enchaînaient en cadence, rompant seuls le silence de la nuit, agissant avec une force presque hypnotique sur l'infirmière de garde. Elle savait qu'il ne fallait pas qu'elle cède. Non, pas maintenant...

Solange s'assit dans un coin, attendant l'heure propice qui ne tarderait pas. Elle était désormais seule avec Raymond inanimé...

À cinq heures du matin, branle-bas de combat. Une sonnerie qui retentit, des clignotants qui s'allument... Le médecin de garde débarqua en trombe dans la pièce.

- Qu'est-ce qui se passe, nom de Dieu ?
- Le cœur a commencé à fibriller et s'est arrêté. On procède à un massage cardiaque depuis une minute.

- Merde et merde, comment c'est possible ? J'ai vu Bastien avant qu'il ne parte et il me disait que le type était en bonne voie, en tous cas, sorti du pic d'urgence.
- Docteur, son bilan sanguin n'est pas bon du tout... Les chiffres sont arrivés un peu avant la rechute... Regardez l'homocystéine entre autres, répondit Solange sans se démonter. Pas bon du tout.

Le nouveau venu jeta un coup d'œil rapide sur les papiers où s'alignaient des colonnes de chiffres
- Hum, oui pas terrible... Et la Lp(a), pas mieux.

Pendant la discussion, l'interne, arrivé juste avant le médecin, pratiquait bouche à bouche et massage cardiaque selon les protocoles établis et répétés des dizaines de fois durant sa formation.

La sueur couvrait son front : « Était-il prêt de se sentir mal ? », pensa Solange.
- Laisse, je te remplace, intervint le médecin.

L'interne se releva et le médecin de garde s'installa, reprenant l'exercice là où l'avait laissé son jeune collègue.

Au même moment, Bastien débarquait.
- Putain, encore une nuit trop courte, se plaignit-il. Même pas trois heures... Et appelé sur mon portable il n'y a pas quinze minutes.

Mais, il fallut se rendre à l'évidence... Après une demi-heure, ce n'était plus qu'un cadavre que les deux hommes baisaient à tour de rôle en voulant lui insuffler un air qu'ils possédaient en excès et dont la forme étendue n'aurait de toute façon plus jamais besoin.
- Fini, bordel... Connerie... Marre de ce métier, annonça Bastien...

D'énervement, il balança sur une chaise le stéthoscope qui pendouillait autour de son cou.
- Bon, maintenant, va falloir signer le certificat de décès, mais pas avant d'avoir éclairci l'histoire... Vous étiez seule Solange avec lui. Annie était repartie ?
- Oui, je lui ai proposé de rentrer car elle avait fait plus d'heures et surtout, elle avait été plus sollicitée que moi.... Il n'y a rien d'anormal.
- Non, il n'y a rien d'anormal. Vers quelle heure ?

- Deux heures, deux heures et quart environ. Je l'ai noté.
- On s'en fout pour le moment et ensuite ?
- Tout était OK jusqu'à cinq heures moins deux ou moins trois. Le moniteur s'est mis à biper en continu. Je devais somnoler ; je me suis approchée et j'ai vu que le tracé s'affolait... J'ai vérifié au pouls... C'était pratiquement plat, alors, j'ai appliqué la procédure et déclenché l'alerte. C'est tout.
- Je ne comprends pas. Quand je suis parti, tout semblait correct.
- Oui, quand vous êtes parti et ensuite ?, se permit Solange.

Bastien resta silencieux. « Oui, et ensuite ? Elle avait bien dit qu'il y avait eu fibrillation... ventriculaire très probablement qui peut conduire à la mort subite ».

Bien entendu, aucune des personnes présentes dans la chambre où la Mort avait frappé ne remarqua l'impression contradictoire de jubilation et de tristesse, de joie et de désolation qui s'imprima fugitivement sur le visage de Solange.
Personne ne pouvait non plus savoir, qu'au cours de la nuit un injecteur sans aiguille, qui permet de pulvériser de l'insuline sur la peau, avait été appliqué par elle sur le poignet, là où les veines sont très apparentes, et avait provoqué un choc fatal à une personne en état de faiblesse comme l'était Raymond Dupuis.

Quelques semaines avaient passé depuis ces événements que chacun avait à peu près oubliés. L'examen du cadavre n'avait rien révélé, pas plus que les dernières traces de l'électrocardiogramme.

Solange et Annie continuaient leur service, soucieuses des souffrances quotidiennes de ceux qui entraient et tâchant de les soulager au mieux de leurs possibilités. Parfois, elles travaillaient ensemble, parfois à des moments ou à des endroits différents, mais elles éprouvaient du plaisir à se retrouver pour une garde. Leurs vies n'étaient pas si différentes après tout et leurs pôles d'intérêt convergeaient souvent.
- Quand nous sommes plongées dans le noir, la nuit, nous sommes presque hors du temps et de l'espace, avait dit Annie

vers trois heures d'un matin comme les autres, alors qu'elles dégustaient à petites gorgées le médiocre café de la machine, le seul que celle-ci savait préparer finalement.

C'est la nuit que je ressens autour de moi la présence de l'hôpital comme une gigantesque bête tapie, avec sa respiration, parfois bénéfique et parfois inhumaine.

Elle me donne l'impression de se préparer à digérer une des vies qui s'enfuiront à l'aube. Et nous avons assez d'expérience pour savoir ceux qui seront sacrifiés à la bête et ceux à qui elle accordera encore un répit.

Il me semble que je la comprends, sans lui pardonner bien sûr... En d'autres instants, elle m'est complètement étrangère...

Solange n'était pas loin d'éprouver les mêmes sentiments et elle l'avait avoué à Annie.
- C'est vrai, c'est comme un animal que nous avons créé mais dont le contrôle nous échappe trop souvent...

En ce début d'un mois de décembre froid et sec, Raymond Lasserre entra à l'hôpital pour un double pontage. L'opération avait été prévue depuis plusieurs semaines par Vidal, un collègue de Bastien.

Lasserre, ancien rugbyman avait trop abusé des troisièmes mi-temps et son système vasculaire n'avait que trop tardé à le lui rappeler. Il avait néanmoins réussi à échapper au diabète, ayant toujours privilégié les bouffes riches en charcutailles, gibiers, fromages et autres douceurs non sucrées. Après avoir arrêté le sport, il s'était mis à fumer et à prendre du poids. Ses indicateurs, lorsqu'il arriva à l'hôpital, n'étaient pas fameux : hypertension à 19, malgré la prise de médicaments, athérosclérose détectée, triglycérides à 2 g/l, CRP forte à 7 mg/l...

Après l'opération, Lasserre fut admis en salle de soins intensifs pour deux jours, durée prescrite par le Dr Vidal. Ce jour là, Vidal vint le voir.
- Alors, Mr Lasserre, vous vous remettez de l'anesthésie ? Pas de douleurs exagérées ? Et le traitement par antiagrégant plaquettaire, pas de problème ?
- Non, Docteur, ça va...
« L'accent du Sud-Ouest, sympa », pensa Vidal.

- Demain, vous serez transféré dans une chambre du service de chirurgie et, à votre sortie, vous suivrez un programme de réadaptation dans un centre spécialisé, mais il faudra arrêter les clopes... Complètement, sinon, dans un an, on vous met dans une caisse en sapin. Si tout va bien, dans une semaine, vous êtes dehors et votre famille aura droit de visite dès que vous serez dans votre chambre demain après-midi.

Vidal ne pouvait prévoir que l'avenir de Lasserre ne serait pas si prometteur car son chemin devait croiser celui de Solange, celle-ci ayant, comme à son habitude, obtenu la garde de nuit.

L'infirmière pénétra dans la salle de soins intensifs à dix heures du soir après avoir dîné seule chez elle d'une pizza quatre fromages et d'un verre de rouge. Elle savait que ce régime finirait peut-être par la conduire sur la table d'opération, comme ceux qu'elle côtoyait jour après jour. À cinquante-huit ans, il fallait faire encore plus attention ; elle le savait mais, attirée par le côté sombre de la vie, comme le héros du *Cœur Révélateur* de Edgar Poe, elle subissait l'irrésistible attraction de l'auto-destruction. Elle aurait voulu faire part de ces sombres instincts à quelques personnes sélectionnées mais n'osait pas ou ne savait pas comment débuter, se disant qu'on la prendrait pour un peu détraquée et, cela, elle ne le voulait à aucun prix.

Avait-elle le choix ? En tout cas, elle ne sentait ni l'envie, ni la force de couper avec des années de conditionnement alimentaire et assumait tant bien que mal son surpoids.

Solange avait vu la feuille d'admission de Raymond Lasserre. Elle n'en conçut ni peine, ni joie. Simplement, ce qui devait être fait devait être fait...

Cet homme avait plutôt une bonne tête, pensa-t-elle. Dommage...

Le lendemain matin, lorsque les infirmiers pénétrèrent dans la chambre, vers huit heures du matin, Lasserre était déjà en agonie. Une jeune infirmière, fraîche émoulue de son dernier stage, avait remplacé Solange vers six heures du matin. Si elle avait été plus attentive ou moins fatiguée de sa nouba de la nuit, elle aurait pu noter l'impression de jubilation et de tristesse, de joie et de lassitude qui s'afficha pendant moins d'une seconde sur le visage de Solange. Mais prise dans ses souvenirs et imaginant la journée qui l'attendait, elle ne remarqua rien... Non, tout était normal.

Puis, son aînée avait pris son manteau et était repartie dans la froidure du petit matin.

Maintenant, la jeune infirmière était affolée et paralysée ; les paramètres de contrôle avaient commencé leur ronde infernale une minute plus tôt et elle perdait tout le fruit de ses connaissances devant une urgence qui la dépassait. Les deux infirmiers, plus expérimentés, réagirent ; cela ressemblait à une crise cardiaque. L'un deux saisit le téléphone mural pour prévenir Vidal.

L'autre infirmier ne voulait pas pratiquer directement le massage cardiaque, car le cœur battait une folle sarabande arythmique en diable... Puis le signal s'arrêta d'un coup, brutalement, comme si on avait débranché la prise électrique.

- Maintenant, je démarre le massage. Éric, va chercher le défibrillateur... Grouille.

Ils ne tenaient plus compte de la jeune fille qui se cachait le visage dans les mains et avait éclaté en sanglots.

Mais force fut de constater que l'appareil n'était pas à sa place. Eric revint, excité.

- Il n'est plus à sa place...
- Hein ? Plus à sa place.., Bon, pas le temps de tergiverser. À l'ancienne, on continue à l'ancienne.

Vidal débarqua pendant que le massage était prodigué au corps inerte de Raymond.

- Qu'est-ce qui se passe, Bon Dieu ?
- On ne sait pas, cela vient de se produire, pratiquement quand nous sommes entrés...
- Et vous, ne restez pas plantée là... Faites quelque chose, s'écria Vidal à l'adresse de l'infirmière.

Comme si elle avait pris une gifle, celle-ci sembla sortir d'un rêve intérieur pour rentrer dans la réalité crue de la scène qui s'offrait à ses yeux.

Mais, quand les Dieux l'ont décidé, les efforts des hommes sont vains et Lasserre décéda à huit heures trente-cinq

minutes et seize secondes, très exactement. Il rendit au Tout-Puissant son âme de bon vivant et de bon rugbyman.
　Vidal se releva, le front en sueur. Les deux infirmiers étaient exténués.
- Je ne comprends pas. Son état était aussi bon qu'il pouvait l'être après un double pontage... Merde alors.
　Mais la jeune fille et les trois hommes ne pouvaient se douter qu'au petit matin, avant l'arrivée de la jeune infirmière, un injecteur sans aiguille avait été appliqué par Solange sur le poignet et avait provoqué un choc insulinique fatal à une personne en état de faiblesse comme l'était Raymond Lasserre.

　Au mois de mars suivant, un nouveau patient fut admis à l'hôpital. Solange était comme à l'accoutumée dans la salle de garde, mais cette fois de jour. Elle se morfondait devant un croissant froid et un café machine ; elle n'avait toujours pas pu se résoudre à modifier ses habitudes alimentaires et avait pris encore un peu de poids. Elle s'en voulait pour cela.
　Le nouveau patient fut transporté en ambulance et admis à l'hôpital, suite à de sérieuses complications liées à un diabète. Lorsqu'il arriva, le médecin qui l'examina ne lui cacha pas que l'amputation était une des options possibles mais que, bien sûr, on ferait tout pour l'éviter.
　L'admission ne prit pas effet dans le service de Solange qui était restée fidèle à la cardiologie, mais le hasard est capricieux et il lui plaît de se manifester aux moments les plus inopportuns. L'homme avait intégré le service de diabétologie-endocrinologie. Il se trouve que le même jour Solange qui n'avait plus de nouvelles d'Annie, sentit le besoin de renouer avec son amie qui était désormais dans son nouveau service de diabétologie-endocrinologie.
　Solange profita de sa pause du déjeuner et partit le long des couloirs. Personne ne lui demanda rien. Avec son badge, elle pouvait passer partout.
　Elle arriva devant une salle où quelques infirmières prenaient leur pause.
- Excusez-moi, savez-vous où je peux trouver Annie ? Annie Lemoyne ?

- Très facile… Vous voyez la porte verte à gauche et au fond du couloir ? Après le tournant, il y a un vestiaire et elle vient d'y entrer.
- Merci.

En effet, Annie était dans le vestiaire et ne put s'empêcher de partager sa joie de revoir son ancienne camarade de garde.
- Qu'est-ce que tu deviens, Solange ? Et le nouveau chef de service, pas trop con ?
- Non, ça va… En fait, il est loin d'être con comme tu dis. Il a remis les pendules à l'heure et pris des initiatives intéressantes… Ceci dit, certains ont cru bon de lui parler des deux décès de l'année dernière… Tu te souviens ?
- Oui, mais ne te mets pas martel en tête. Ils seraient de toute façon décédés chez eux ou ailleurs un mois ou, au plus tard, trois mois après leur sortie. Tu n'y es pour rien.
- Tu as sans doute raison. Mais, on n'a peut-être pas fait tout ce qu'on pouvait…

Annie préféra couper court à une discussion qu'elle supposait pénible pour sa collègue.
- Viens, je vais te montrer les chambres pour que tu te rendes compte que je n'ai pas perdu au change.

Les deux femmes sortirent du vestiaire, reprirent le couloir en sens inverse, montèrent un escalier et débouchèrent au premier étage. Là, Annie ouvrit une porte et Solange pénétra dans une chambre claire et fonctionnelle. Un homme âgé, qui semblait dormir, était allongé sur un lit.
- Tu vois, super les chambres… Ça change de la Cardio, non ?

Solange sursauta.
- Annie, qui est cet homme ?
- Il s'appelle Raymond Marcillac… Je ne sais plus très bien pourquoi il est là… Un problème de glandes, thyroïde, je crois, après tout, nous sommes en endocrinologie…

La question de Solange ne pouvait être innocente. Malgré le passage du temps, plus de quarante ans, elle l'avait reconnu ce cher Raymond… Au prix d'un gros effort sur elle-même, elle avait pu cacher la surprise que lui avait occasionnée la vision du personnage blafard étendu sans défense. Oui, les années lui avaient enseigné cet art de la dissimulation. Au moins, cela avait du bon.

Il avait bien changé et avait beaucoup grossi, mais les traits retors étaient toujours là tapis dans cette forme immobile et impuissante. Le drap blanc luttait avec la face du malade dans un concours de pâleur, en fait, pas vraiment, car le visage de l'alité était davantage terreux et jaunâtre que blanc.

Solange l'avait fui à l'âge de dix-huit ans, en se promettant de l'exclure de sa vie. Il lui avait fait trop de mal. Des années à subir ses étreintes forcées, des années à se rappeler le premier jour, lorsqu'elle avait onze ans et qu'il avait forcé la porte de sa chambre. Dans son innocence, elle avait cru qu'il venait pour un baiser du soir, pour la border et lui permettre le voyage du sommeil en contemplant un visage aimé avant de fermer les yeux.

Et cela avait continué des années avec des rémissions, des rechutes, des mois sans qu'il manifestât le moindre désir, puis, par période, une frénésie de chaque soir...

Une mère absente d'esprit, sinon de corps. Une mère qui avait abdiqué par peur, par lassitude ou tout simplement parce qu'elle s'en fichait.

Elle avait du avorter des œuvres de son père. Dans une clinique belge où il avait cru devoir la conduire. Depuis, aucun homme ne l'avait touchée, elle les avait repoussés avec horreur et de toutes ses forces pour ne demeurer qu'avec ses angoisses qui, parfois, la prenaient les fins de semaine, lorsqu'il fallait reprendre le travail le lendemain et que la pluie battait les carreaux.

Subitement, quarante ans après qu'elle eut coupé les ponts en s'enfuyant, voilà qu'il refaisait surface dans sa vie, pour la gâcher encore ou pour un autre motif. Elle eut un haut le corps vite réprimé devant cette matière organique abîmée par les excès, devant cet ensemble de cellules et d'acide désoxyribonucléique en mauvais état.

Heureusement, il n'avait pas ouvert les yeux, elle n'aurait pu supporter son regard et aurait dû s'enfuir, ce qu'Annie n'aurait pu comprendre.

Au cours de la nuit, Solange profita de sa garde pour se glisser dans la chambre de Raymond. Un calme surnaturel régnait dans les couloirs, comme si une conjonction de facteurs favorables avait décidé de favoriser celle qui se glissait avec un injecteur d'insuline vers le lit.

Elle plaça l'appareil et injecta la dose. Raymond ronflait avec irrégularité, d'un souffle de bête agonisante, entrecoupé de silences pesants, comme si la vie allait s'échapper d'un coup. Il ne réagit pas lorsqu'elle fit l'injection au creux du poignet.

Elle ressortit comme elle était entrée... Personne ne l'avait vue. Elle regagna le service de cardiologie et reprit le fil de ses pensées, allégée par ce qu'elle venait de faire.

Le lendemain matin, elle traîna plus que de coutume. Au lieu de rentrer chez elle, elle s'afficha à la machine à café pour discuter avec ses collègues qui venaient d'arriver. Celles-ci montrèrent de la surprise mais Solange leur mentit, prétextant qu'elle ne pourrait trouver le sommeil seule entre ses quatre murs. En réalité, elle voulait jouir de la précipitation, des courses dans les couloirs, des cris lorsqu'on annoncerait le nouvelle.

Elle souhaitait s'imbiber du meurtre, bien se persuader qu'il s'agissait de son œuvre et que plus jamais Raymond ne pourrait salir une enfant. Elle savait que, lorsque la fille trouverait le corps, la rumeur se ruerait dans l'hôpital comme un torrent furieux que rien ne pourrait arrêter.

Elle en frémissait d'avance, impatiente, se demandant comment il était possible que la première visite matinale n'ait pas déjà eu lieu.

Mais, rien... Le calme des jours de routine.

Elle s'aventura vers l'aile de diabétologie-endocrinologie comme quelqu'un qui se promène au hasard. Elle remonta l'escalier emprunté la veille avec Annie, parcourut le couloir mais n'osa pas s'aventurer directement dans la chambre.

À la hauteur de celle-ci, elle se cogna presque dans la porte qui venait de s'ouvrir brutalement. Une jeune infirmière qu'elle ne connaissait pas apparut dans l'embrasure.
- Vous cherchez quelque chose ?
- Non... Enfin, si, mentit Solange, Savez.vous si Annie Lemoyne est encore là ?
- Ah, non. Je l'ai remplacée,... il y a bien une heure et demi. Vous lui vouliez quelque chose en particulier ?

« Cette manie de sembler s'intéresser. Qu'est-ce que cela peut lui faire ? », pensa Solange.

- Rien de particulier, c'est une amie et nous passons un peu de temps ensemble quand les patients nous laissent libres. À propos, elle m'a parlé d'un type arrivé hier et qui ne m'avait pas l'air en grande forme. Je me demandais si son état s'était amélioré, s'enhardit-elle.
- Son nom ?
- Raymond Marcillac..., je crois, répondit -elle en feignant d'hésiter.
- Vous devez faire erreur, il a été admis pour des complications diabétiques avec possibilité d'amputation si nous n'arrivons pas à stabiliser son état.

Solange sentit un vertige l'envahir... Bien sûr, le temps avait passé et Raymond avait eu le temps de devenir diabétique...
- D'ailleurs, ajouta la jeune fille, c'est l'heure de lui faire son injection d'insuline. Vous permettez ?

Récit 6 : Réchauffement Climatique

Le professeur Gary Norton du MIT regardait d'un œil désabusé les dernières données qui s'affichaient sur son ordinateur portable. Les informations qui provoquaient son inquiétude avaient pour origine une application particulière du site de la NASA. Depuis des mois, il y consultait régulièrement des données, relativement accessibles au commun de mortels et pas seulement destinées aux spécialistes et universitaires. Des informations complémentaires étaient mises en ligne sur les sites de l'ESA et de l'Agence Japonaise de l'Espace, dont il examinait avec assiduité l'évolution.

Le professeur Norton, âgé de cinquante-six ans, s'étira et passa sa main dans sa chevelure poivre et sel, dubitatif sur ce qu'il venait de voir... Il se frotta les yeux fatigués par une nuit trop courte... Deux heures de sommeil à son âge, c'était bien trop peu, lui avait dit son médecin. Mais Gary Norton n'en avait cure, les analyses qu'il menait depuis quelques mois requéraient toute son attention et tant pis pour les risques accrus d'Alzheimer.

Tout le système, auquel il avait accès, fonctionnait grâce à des dizaines de milliers de clichés pris par les centaines de satellites qui orbitaient vingt-quatre heures sur vingt-quatre autour de la planète bleue. Les photographies couvraient absolument toutes les terres et il n'y avait pas un centimètre carré qui échappât aux objectifs scrutateurs mis au point principalement pendant les années de la Guerre froide et ensuite, de manière plus sophistiquée et peut-être plus secrète, pendant les guerres du Golfe des années 1990-2000.

Au dessus des denses forêts de l'Amazonie, de la Nouvelle-Guinée et de Bornéo, des caméras infra-rouge prenaient le relais des systèmes fonctionnant dans le visible et fournissaient des informations non moins fiables.

Deux jours auparavant, il s'était également enquis des dernières découvertes du NOAA, le *National Oceanic and Atmospheric Administration*. Cet organisme nord-américain était un de ceux avec lesquels il était en contact fréquent de par ses activités au MIT où il délivrait aux étudiants de Doctorat un enseignement de géophysique au sein du *Department of Earth, Atmospheric and Planetary Sciences*. Il avait également entré dans son programme des quantités d'informations venant du *Sierra Club,* de *l'American Physical Society* et d'une multitude d'associations ou de sociétés savantes qui œuvraient dans les champs de la botanique, de la zoologie, de l'entomologie, des sols ou des ressources marines.

Entrer les données éparses lui prenait un temps fou, mais c'était nécessaire.

« L'ouragan Irma qui s'était abattu début septembre sur les Antilles était d'une puissance jamais enregistrée sur l'Atlantique », pensa-t-il. « Mais ce monstre météorologique n'est pas qu'un record dans l'histoire climatique planétaire, c'est en fait autre chose, une chose que personne ne semble avoir remarquée ».

Il était sûr que ce cyclone hors normes était annonciateur d'autres phénomènes similaires, le croisement de toutes les données ne pouvait laisser place au doute, encore fallait-il les unir correctement, ce qui représentait un travail considérable : des zones aujourd'hui épargnées seront touchées à l'avenir. Déjà, quelques années auparavant, les signes avaient été visibles lorsque La Nouvelle Orléans avait été balayée par Katrina... C'était un premier avertissement :

Fils de l'homme, songea-t-il, *tu habites au milieu d'une famille de rebelles, qui ont des yeux pour voir et qui ne voient point, des oreilles pour entendre et qui n'entendent point; car c'est une famille de rebelles* (Ézéchiel, 12-2), et pourtant, Gary Norton était agnostique mais l'urgence provoquait en lui des réminiscences d'une éducation religieuse qui avait rythmé son enfance au sein d'un milieu où l'on faisait plus confiance au Dessein Intelligent qu'à la théorie darwinienne.

Il n'était pas climatologue de formation mais avait suivi un cursus assez poussé dans ce domaine et disposait de renseignements de première main de ses collègues du MIT, dont certains, parmi les plus éminents au niveau mondial, travaillaient dans le cadre du GIEC.

Son fils Steve, un petit génie des nouvelles technologies, avait concocté dans le cadre d'une start-up, montée avec deux copains, des logiciels d'analyse et de croisement de données complexes, parmi les plus puissants jamais imaginés et avait fait don à son père de l'un d'eux, non par philanthropie, mais pour les faire tester dans des conditions d'exigence particulière. Ces logiciels étaient basés sur les réseaux neuronaux les plus performants et Steve était convaincu que les résultats étaient obligatoirement corrects, si les données entrantes l'étaient aussi.

Pour exploiter à fond toutes les potentialités du logiciel, le professeur Norton était parvenu à utiliser une partie des ressources de calcul du MIT. Bien que cela n'entrât pas directement dans son champ de recherches, ses multiples entrées au sein de l'université et dans les divers départements avaient facilité les choses.

Les ouragans, typhons et autres joyeusetés étaient une chose, mais que dire de l'alimentation issue de l'agriculture chimique et de l'industrie agro-alimentaire ? Que dire des toxiques, des perturbateurs endocriniens et des métaux lourds répandus partout ? Dans ce domaine aussi, les logiciels de son fils étaient d'une aide précieuse pour connecter des informations.

Il se souvenait d'avoir lu quelque part une étude qui démontrait la baisse du QI depuis quelques années au niveau mondial. L'ONU s'en était alarmé avec des accents de Tartuffe démuni ; les scientifiques faisaient semblant de ne pas avoir identifié les causes. C'était pourtant clair : La malbouffe, entre autres, lorsque le cerveau en développement des jeunes est alimenté avec des poisons, c'est tout l'édifice qui s'écroule, et trop souvent, magnésium, vitamines du groupe B, acétylcholine et oméga-3, indispensables à la construction des réseaux neuronaux, font défaut. La pollution par les métaux lourds, les perturbateurs endocriniens et les nanoparticules jouaient aussi leur role.

En ce sens, le crime de malbouffe était pire lorsqu'il s'attaquait par la publicité aux organismes en développement des enfants qu'aux organismes déjà matures des adultes. Jamais, on n'avait vu dans l'histoire une telle épidémie d'autisme ou d'hyperexcitabilité. Celui-là, on tentait d'en diminuer les symptômes au moyen d'antidépresseurs avec risques d'Alzheimer et celle-ci, on la traitait à la Ritaline, avec son cortège d'effets secondaires, tels l'augmentation de l'agressivité et l'hypertension.

« Même la reproduction de l'espèce humaine est menacée, car nous assistons à une dégénérescence générale de l'homme, crime contre l'Intelligence et contre l'Humanité », pensa Gary Norton.

Il se redressa et ouvrit sa boite de courrier électronique. Un des derniers mails concernait une invitation sur un canal de télévision de grande audience. On l'invitait à un débat dans le cadre d'une émission fort populaire, au cours de laquelle il pourrait parler de sa spécialité, la Géophysique. Le journaliste avait bien insisté sur le fait que le topo devait être de vulgarisation, s'adressant à une heure de grande diffusion à des gens qui n'avaient pas forcément de formation scientifique ou qui en avaient eu, mais avaient tout oublié dans le déroulement de leur vie professionnelle.

Gary Norton avait accepté. Il se disait, en ces heures de l'aube naissante, que ce pourrait être l'occasion de frapper un grand coup médiatique et de parler de ses dernières conclusions. Il décida d'appeler son fils, l'entrepreneur, car un dernier doute le tracassait.

- Steve, c'est ton père...Est-ce que je te dérange ?
- Non, tu ne me déranges jamais, Papa... Simplement, je me demandais ce que me vaut cet appel à une heure aussi matinale.
- Excuse-moi. Il est tôt, c'est vrai mais je voudrais te parler des logiciels que vous avez développés avec tes associés. Vois-tu, je... comment dire ? Je les utilise, comme je te l'avais annoncé, pour croiser des données incroyablement complexes. Des informations qui n'ont rien à voir a priori, mais il en émerge des choses curieuses lorsqu'on les soumet à ton système expert. Comme une espèce d'émergence ou comme une réalité supplémentaire à ce qui est contenu dans chacun des éléments isolés... Vous n'avez jamais envisagé ce genre de résultats ou abouti à des conclusions inattendues lors de vos premiers tests ?

- Si, bien sûr. Nous avons compris assez vite qu'il y a émergence comme tu dis. Nous utilisons des réseaux neuronaux particulièrement performants, mais pas tellement plus que ceux qui font de la traduction intelligente, N'oublie pas que le but au départ était de résoudre des problèmes un peu à la manière dont un cerveau humain le ferait mais infiniment plus vite et à moindre coût. Si je devais définir le type d'intelligence artificelle à laquelle se rapportent nos programmes, je dirais que c'est celle du second type, à savoir non pas une imitation de l'intelligence humaine, mais une imitation de la rationalité dans le fonctionnement interne de nos systèmes. Nous passons partiellement le test de Turing si tu te souviens bien...
- Non, je ne me souviens pas que tu m'aies dit que vous aviez réussi cet exploit.
- Papa, je ne peux t'en dire plus. Tu dois comprendre à demi mot ; le *Department Of Defense* s'intéresse beaucoup à ce que nous faisons...
- OK, revenons à la puissance prédictive.
- Les équations en disent plus que ce nous pouvions comprendre au début, mais ce n'est pas un phénomène nouveau : de grands physiciens l'ont expérimenté, comme Dirac avec l'anti-matière ou Einstein avec les trous noirs ou l'inflation cosmologique, au point qu'ils ne voulaient pas croire ce que les calculs annonçaient.
- Je le sais, mais, dans mon cas, cela va au-delà... Il se dégage des choses effrayantes, crois-moi.
- Des choses effrayantes, tu peux être plus explicite ?
- Cela fait des semaines que je fais tourner tes logiciels avec quelques uns des plus puissants ordinateurs des États-Unis. Mais, pardonne-moi, je ne peux pas t'en dire plus... Regarde plutôt l'émission de *Star Channel* jeudi soir.
- Comme tu voudras.
- Je te quitte, mais salue Ann de ma part. J'avais émis le souhait d'avoir un petit fils, rappelle-toi, mais aujourd'hui, je n'en suis plus sûr du tout. Je t'embrasse...

Le professeur Norton raccrocha. Il n'était pas plus avancé et il lui fallait préparer son interview à la télévision.

A 20 heures le jeudi, sur la chaîne *Star Channel*, Gary Norton fixait la caméra qui, dans quelques secondes, rendrait son visage familier dans des millions de foyers américains. Il avait passé presque une heure dans les mains des maquilleuses et en avait déjà par dessus la tête. Il suait légèrement sous le fard qu'on lui avait appliqué. Comment des politiciens pouvaient-ils se battre comme des chiffonniers pour être invités à ce genre de tortures mensuelles ?

L'une des filles avait poussé la familiarité jusqu'à lui dire qu'il y avait du boulot compte tenu de son air fatigué et de ses poches sous les yeux. Le professeur Norton n'avait pas relevé. Qu'aurait-elle compris aux recherches qu'il menait depuis des semaines ?

Sur le plateau, n'ayant rien d'autre à faire, il contemplait Anthony Winston, le journaliste chargé de mener l'entretien. Le type rangeait quelques fiches et faisait semblant de s'intéresser à une note que venait de lui apporter une assistante. Impression nette de superficialité, pensa Norton.

Dès que la lumière s'alluma, Winston prit la parole.
- Mesdames, Messieurs, chers téléspectateurs, bonsoir... Installez-vous bien dans vos fauteuils. Relaxez-vous et ouvrez une canette si le cœur vous en dit... Mais attention à l'abus d'alcool. Ah, Ah... Nous sommes réunis ce soir sur *Star Channel* comme tous les jeudis pour discuter avec trois personnalités connues ou moins connues, pendant deux heures. C'est dans le cadre de cette émission que vous aimez tous : *Face à Face avec la Science*. Vous savez certainement qu'une des particularités de l'émission est que les trois invités exercent dans des champs très différents et, ce soir, nous ne dérogeons pas à la règle. Aujourd'hui, nous avons le privilège de recevoir le professeur Gary Norton du MIT... Professeur, bonsoir, le sénateur Greg Donovan du Colorado, bonsoir Sénateur et enfin, le fameux philosophe Carl Weinberg de l'université de Harvard, très connu pour ses exégèses de Husserl... Bonsoir Professeur.
- Bonsoir, répondirent les trois hommes.

- Alors, commençons par vous, Professeur Norton, vous êtes marié, vous avez un fils et une fille et vous habitez, je crois, à Medford, Massachusetts. Pouvez-vous nous dire quelles sont vos activités ? La géophysique ne parle pas forcément au grand public...
- C'est vrai, je dirais que c'est la science qui étudie la terre du point de vue de la physique, comme son nom l'indique. D'autres disciplines sont plus orientées vers la chimie de notre planète, comme la minéralogie. Nous nous intéressons aux mouvements tectoniques, à l'activité volcanique. En réalité, quand on fait de la géophysique, on doit travailler ces domaines, ainsi que la géologie,... Mes champs de recherche sont en géodésie, surtout ce qui concerne les mouvements des plaques tectoniques. Je suis aussi actif en gravimétrie pour étudier les variations du champ de pesanteur terrestre et enfin, mon troisième champ d'activité couvre le géomagnétisme qui traite de l'origine et des variations spatiales et temporelles du champ magnétique de la Terre.
- Effectivement... C'est sûrement très intéressant. Sur quoi travaillez-vous exactement actuellement ?
- Je croise des données de multiples origines au moyen de logiciels qui fonctionnent sur des concepts d'intelligence artificielle...
- Très intéressant. Passons maintenant à vous, sénateur Donovan. Le grand public vous connaît mieux à la suite de vos derniers combats pour défendre les budgets fédéraux en Science et Technologie et, c'est à ce titre, que nous vous avons invité ce soir. Vous êtes de Denver, du Parti Démocrate, marié, trois enfants...
- Tout à fait exact.
- Vous nous expliquerez plus tard les menaces qui pèsent sur ces budgets. Quant à vous, Professeur Weinberg, je crois bien que c'est la première fois que nous avons le plaisir de vous recevoir. Vous êtes finalement voisin du professeur Norton et vous êtes célibataire...
- Très juste, mais le professeur Norton et moi ne nous connaissons pas de visu, j'entends. Il est de fait que Harvard est également à Cambridge, Massachusetts.

- Parlez-nous un peu de ce que faites en ce moment.

- Je termine un second ouvrage sur la pensée de Husserl ; J'y analyse des notions qu'il a élaborées dans son livre bien connu : *Les idées directrices pour une phénoménologie.* Husserl hiérarchise les notions de perception, de souvenir et d'imagination en montrant que ce sont trois manifestations d'un même phénomène ; le souvenir est une modification de la perception, acte premier et l'imagination est une modification du souvenir, acte second. Ces trois consciences appartiennent à la conscience perceptive. Ainsi, on pourrait parler d'un appauvrissement progressif lorsqu'on passe de l'une à l'autre, cela ressemble un peu à la notion de sensation affaiblie d'Aristote tout en étant plus platonicien dans son but.

- Bien... Maintenant que les présentations sont faites. Nous allons nous intéresser au thème de la soirée qui est le Réchauffement Climatique et ses implications. Sénateur ?

- Bonsoir à nos amis téléspectateurs et merci de me donner la parole... Le Réchauffement est en effet un thème extrêmement préoccupant et je suis surpris que l'on veuille couper des crédits à certains laboratoires qui ont apporté des contributions majeures aux études de ses conséquences. Pour en revenir à des considérations strictement politiques, tous les États doivent se mettre d'accord pour aboutir à des accords plus contraignants et je m'étonne de notre laxisme vis à vis de la Chine et de l'Inde.

- Mais la COP 21 à Paris fut un succès ?

- Si l'on veut, mais les États-Unis se retirent de l'accord. Vous savez que Trump a dit qu'il ne voulait rien signer qui puisse se mettre en travers de son action pour redresser l'économie américaine et il a tout un lobby puissant derrière lui.

- Mais il a aussi annoncé que les USA étaient prêts à négocier un nouvel accord climat. Que faut-il en conclure ?

- Les promesses ne coûtent rien.

- Mais la conférence a atteint ses objectifs... Il y a un accord sur les méthodes pour réduire le changement en cours.

- Oui, si au moins 55 pays représentant au moins 55 pour cent des émissions globales de gaz à effet de serre signent sa ratification. Et c'est loin d'être le cas.
- Mais la Chine a ratifié... Professeur Norton, qu'en pensez-vous ?
- On nous dit que c'est pour limiter le réchauffement à 2°C en 2100. Permettez-moi d'être sceptique.
- Je ne me trompe pas en disant que le GIEC avait prédit que ce but ne pouvait être atteint qu'en réduisant de 40 à 70% les émissions en 2050 par comparaison avec 2010, intervint Winston.
- Vous ne vous trompez pas.
- Et vous, Professeur Weimberg, on ne vous a pas entendu. Qu'en pensez-vous ?
- Je ne suis pas scientifique mais je trouve curieux cette incertitude entre 40 et 70%

pour une augmentation de température aussi précise que celle annoncée.

« Bien vu, Carl », pensa Norton.

Donovan s'immisça dans le débat sans y avoir été invité.

- L'objectif est de réduire à 1,5°C. Et si tout le monde s'y met, on y arrivera avec les énergies renouvelables et l'interdiction du nucléaire.
- Complètement stupide, intervint Norton. Des nations développées, la France est le pays qui rejette le moins de CO_2 grâce à ses centrales...
- Professeur, je vous en prie.
- Veuillez m'excuser mais l'affirmation me paraît dénuée de sens.
- On parle aussi de limiter à 2,7°C en 2100. Votre opinion, Professeur Weinberg?
- Je ne suis pas scientifique, je l'ai dit... Mais j'ai cru comprendre que les pays devraient établir un objectif propre de

réduction avec des chiffres laissés à leur bon vouloir. Quel est le mécanisme qui obligera à respecter sa parole ?

Donovan intervint :

- On avait envisagé de les signaler et de les désigner à la vindicte populaire.

- Cela me semble peu philosophique, répondit Weinberg.

- Peut-être mais on ne fait pas d'omelettes sans casser d'œufs.

- Depuis, Janos Pasztor de l'ONU a préféré les termes de « signaler et encourager ».

- Professeur Norton ?

- Tout cela, c'est une monstrueuse poudre aux yeux médiatique, une parodie pour nous faire croire qu'il y a une solution... Mais, de solution, il n'y en a pas, tout simplement. L'Humanité est condamnée.

Les trois hommes eurent du mal à dissimuler leur surprise.

- Qu'est-ce que vous voulez dire ?, s'enquit Winston.

- Je veux dire que, lorsqu'on s'attelle vraiment à ce problème, on constate deux choses : la première est que cette exploitation planétaire du Réchauffement Climatique est une affaire montée par des ONG et des banques d'affaire pour détourner des milliards au niveau mondial, financer des tas de start-up inutiles, ainsi que des programmes de R et D sur l'énergie photovoltaïque ou éolienne et la deuxième est qu'on ne s'occupe pas des véritables enjeux. Je ne nie pas que le réchauffement est une réalité mais l'urgence est ailleurs. D'ailleurs, si on voulait faire quelque chose qui marche, on isolerait tous les édifices de ce pays, ce qui nous économiserait deux tiers de l'énergie de chauffage. Techniquement, ça fonctionne.

- Et selon vous, où est l'urgence ?

- Ce n'est pas selon moi, mais selon les plus puissants logiciels d'analyse de données de l'Intelligence Artificielle d'aujourd'hui. Nous serons morts avant d'avoir trop chaud.

Donovan qui s'agitait sur son fauteuil, prit la parole :

- Qu'est-ce que vous racontez ? Le Changement Climatique est la plus grande menace qui pèse sur l'humanité. A la veille du mois de juin 2013, la Laponie a battu des records de chaleur, avec des températures aux alentours des 29°C.
En Norvège, l'institut météorologique national a relevé 29,1°C en fin d'après-midi à la station de Nyrud, coincée entre la Russie et la Finlande, à plus de 250 kilomètres au nord du Cercle polaire. En Finlande, la ville d'Inari, à près de 1.000 kilomètres au nord de Helsinki, a connu un record historique pour un mois de mai, avec 28,9°C. Niez-vous ces chiffres et niez-vous que ce phénomène soit dû à l'homme ?

- Non, bien sûr, mais je nie que le Réchauffement soit la plus grande menace... Et on décrète n'importe quoi pour le combattre. L'Union Européenne a annoncé pour 2020, moins 20% de consommation d'énergie, 20% de renouvelable et moins 20% d'émission de gaz à effet de serre. Pourquoi vingt à chaque fois ? Parce que nous avons dix doigts ? Si nous étions des martiens avec des mains à treize doigt, alors, on aurait dit moins 26%...

- Messieurs, je vous en prie, intervint Winston. Professeur expliquez-vous sur les logiciels dont vous parliez. Que disent-ils ?

- Pour présenter le sujet, il convient de mentionner que les données concernent aussi bien les dérèglements climatiques que des atteintes plus subtiles à l'environnement et à la pérennité de notre espèce, via la santé, l'alimentation et la pollution tant mentale que physique...

- Très intéressant. Pouvez-vous préciser ? J'avoue que j'avais préparé une série de questions, mais vous nous prenez de court... Pas grave en fait.

- Sans être alarmiste, on constate une augmentation croissante des pathologies lourdes, y compris cancers et maladies auto-immunes, ainsi qu'une baisse de l'immunité dans toutes les tranches d'âge de la population mondiale. Le nombre de produits cancérigènes ingérés par voie respiratoire et alimentaire est impressionnant. Le diabète, Parkinson et Alzheimer sont de véritables bombes à retardement. Quant à la reproduction de l'espèce, il suffit de regarder la baisse du taux de reproduction chez les jeunes : leur sperme est de plus en plus pauvre et nombre de jeunes hommes sont devenus stériles. Le QI baisse partout.

- Professeur, permettez-moi de vous couper, mais ne croyez-vous pas que vous peignez les choses un peu en noir. Seriez-vous un tantinet pessimiste ?

- Je ne peins rien en noir, c'est le résultat d'analyse de dizaines de millions de données avec les réseaux neuronaux les plus performants. Tout cela prouve que la nature reprend ses droits et permet de moins en moins à des populations en perdition de se reproduire... Nous allons assister à une super sélection naturelle. Seuls survivront un milliard d'êtres humains.

La foudre se serait abattue sur le plateau que les intervenants n'auraient pas été plus décontenancés.

- Je crains que nos téléspectateurs n'aient quelque mal à nous suivre. Nous étions convenus de parler de votre spécialité.

- Ma spécialité n'est pas la priorité actuellement. Ce que j'ai découvert, oui. Tout cela n'est pas un hasard... Les maladies nourrissent l'ogre de la chimie pharmaceutique et de l'industrie agro-alimentaire, ainsi que les actionnaires insatiables de ces industries. On peut considérer que la maladie est organisée dès la naissance car il faut que nous soyons malades le plus longtemps possible pour alimenter l'ogre. Et la malbouffe alimente la maladie qui nous oblige à consommer des médicaments toxiques.

- Professeur, nous nous écartons du sujet.

- On y est en plein. Le sujet est la continuation ou non de l'espèce humaine. Prenons le cas de vaccinations dès le plus jeune âge. Elles sont partiellement responsables de la dégradation du terrain dès lors qu'elles font chuter l'immunité. Regardez les travaux, parus cet été de Taylor au Royaume-Uni ou de Pelletier en France. Le principe vaccinal de base est de stimuler l'immunité en ajoutant des adjuvants susceptibles d'augmenter les réponses immunitaires, mais au détriment du patrimoine génétique... Aluminium, formol, tout à fait vérifiable, je n'invente rien.

Donovan bouillait.

- C'est incroyable de dire cela. La vaccination a éradiqué les maladies qui ravageaient l'humanité...

- Dites plutôt que c'est l'amélioration des conditions d'hygiène. Les laboratoires ont bien passé cela sous silence. C'est parfaitement démontré dans le cas de la variole. Si vous ne me croyez pas, reprenez le rapport de l'OMS de 1980 qui montre que la variole n'a pas été vaincue par les grandes campagnes de vaccination de masse mais par la recherche active des malades, l'amélioration de l'hygiène, la surveillance des contacts et leur isolement immédiat s'ils tombaient malades. Le document s'intitule: « *L'éradication mondiale de la variole – Rapport final de la commission mondiale pour la certification de l'éradication de la variole* ». Et en voici quelques extraits pour votre gouverne : « Les campagnes d'éradication reposant entièrement ou essentiellement sur la vaccination de masse furent couronnées de succès dans quelques pays mais échouèrent dans la plupart des cas ». L'OMS reconnaît que dans certains pays, même lorsque la couverture de vaccination, atteignait 90%, la maladie continuait à se propager (sic).

- Messieurs, un peu de calme... Nous allons passer la parole à notre philosophe. Professeur Weinberg ?

Weinberg s'éclaircit la gorge.

- Oui, vu sous cet angle, on pourrait analyser ce que vient de dire le professeur Norton en rappelant que nous n'échappons pas à la transcendance, même si celle-ci nous échappe souvent. Nous, américains, sommes assez religieux et, pourtant, nous combinons cela avec un consumérisme effréné, un matérialisme destructeur qui vit par et pour la dette... Est-ce antagoniste ? Je ne le crois pas. Nos *malls* sont les nouveaux temples, les publicités omniprésentes, les nouvelles tables de la Loi, les communicants, nos nouveaux prêtres. Nous servons à la foi Dieu et l'Argent. Pourquoi devons-nous rejeter seize tonnes de CO_2 par an et par habitant alors qu'en France, ils en rejettent à peine six et en Allemagne, neuf ?

- Enfin, une réflexion de bon sens se permit Donovan. C'est bien ce que je dis et si on prend l'exemple du Qatar, ils en sont à quarante tonnes : nous devons changer notre mode de vie... Par exemple, en s'habituant à manger des insectes.

- À quoi cela vous servira-t-il s'ils sont bourrés de dioxines ? demanda Norton. Et puisque vous aimez bien les chiffres sur les rejets de CO_2, expliquez-moi pourquoi les allemands en rejettent neuf tonnes par habitant alors qu'ils produisent un tiers de leur électricité avec les énergies vertes ?

Donovan haussa les épaules puis, sur un signe de Winston, Carl Weinberg reprit la parole :

- On pourrait ajouter que nous sommes peut-être conditionnés pour disparaître sans en avoir plus conscience que les dinosaures. Tout vit et tout meurt, les sociétés et les civilisations aussi... Pourquoi notre cerveau ne serait-il pas l'organe que l'évolution a inventé pour nous éliminer après quelques millions d'années ? La question est iconoclaste mais mérite d'être posée.

- Professeur Norton, quelque chose à ajouter à ce que vient de dire le Professeur Weinberg et que je trouve très dérangeant ?

- Je me pose les mêmes interrogations, figurez-vous... La Terre a passé en 2017 le point de non retour et ça n'a rien à voir avec le Réchauffement Climatique. La capacité de la Terre à se régénérer est derrière nous. Les puits de dioxyde de carbone sont saturés, les sols bourrés de perturbateurs endocriniens, de métaux lourds, de HAP et de dioxines. Dans la fosse des Mariannes, entre 7000 et 10.000 mètres de profondeurs, on vient de montrer que *Hirondellea Gigas* est fortement contaminé par des PCB. Tous ces poisons sont distillés lentement dans notre eau et notre alimentation. Cancers, leucémies, diabète, asthme, allergies, obésité, puberté précoce chez les jeunes enfants, scléroses en plaques, Alzheimer à trente-cinq ans, maladies jamais encore constatées à cet âge. Voilà la vérité et plusieurs de ces problèmes sont dus à des vaccinations inconsidérées.

Et si vous voulez que je soulève quelques problèmes des OGM, je peux le faire. Un rapport de l'*Institute for Responsible*

Technology vient de recenser les derniers effets des OGM avérés sur les animaux : des souris et des rats nourris au soja génétiquement modifié et traité au glyphosate ont vu leurs testicules devenir bleu marine !! Mais lorsqu'ils n'ont pas développé cette particularité spectaculaire, tous les rongeurs nourris selon cette méthode ont vu leur fertilité dégringoler.

L'étendue des dégâts des OGM ne cesse de s'allonger : en Inde, plusieurs milliers de moutons ont été retrouvés morts dans les environs d'un champ de coton. À l'autopsie, on s'est rendu compte que leurs organes étaient devenus noirs.

La cause ? *Bacillus thuringiensis,* une toxine présente dans environ 20% du coton et du maïs génétiquement modifiés... Toujours selon le même rapport, cette toxine provoque des réactions allergiques... y compris chez les humains. C'est ainsi que la population d'un village philippin s'est mise à avoir des réactions cutanées, respiratoires et intestinales peu après l'ensemencement d'un champ de maïs génétiquement modifié...

Je vous donne rendez-vous sur les chiffres avancés par la COP 22 quand vous voulez pour vous démontrer qu'ils ne seront pas tenus. D'ailleurs, la COP 23 vient de démarrer en Allemagne et je peux déjà vous écrire les communiqués officiels.

- N'importe quoi, cria Donovan, l'homme a toujours su dépasser ses limites. Je maintiens que la victoire contre le Réchauffement Climatique est à notre portée. C'est une question de choix politique. En tout cas, vous m'avez l'air bien excité sur les vaccins.

- Il y a de quoi. Savez-vous que le vaccin contre l'Hépatite B est issu du génie génétique et contient des protéines capables de cancériser certaines cellules. Pour le vaccin GenHevac B, il s'agit de fragments du génome de deux virus, le SV 40, qui est un virus de singe, et le MMTV, un virus de la tumeur mammaire de la souris. Hors vaccins, ne parlons pas des statines, bisphophonates, IPP et autres, dont la liste des effets secondaires lourds serait fastidieuse...

Et si vous voulez que je vous parle des dérèglements alimentaires, je peux le faire. Beaucoup de gens n'ont plus les moyens de manger sainement, tout simplement. Parce qu'ils sont pauvres, ils sont les premières victimes de la malbouffe. Celle-ci détruit le microbiote intestinal qui est responsable de 80% de notre immunité. Savez-vous que la sérotonine est produite principalement dans l'intestin ?

Winston se dit à ce moment que son pari de faire du *buzz* à tout prix allait trop loin. Il avait reçu sur son I-Phone un message du patron de la chaîne qui lui rappelait brutalement qu'on ne pouvait se fâcher avec les industries mises en cause. Il menaçait même de faire couper l'émission si un terme n'était pas mis aux dérapages. Il coupa la parole à Norton.

- Professeur, c'est bien joli, mais je vous rappelle que nous nous sommes fortement écartés du thème de ce soir.

- Je vous demande pardon... Ces thèmes me semblent très importants.

- Revenons au sujet et repassons la parole au professeur Weinberg.

Le reste de l'émission fut terne et sans relief. Norton répondit d'une manière machinale lorsque son tour venait. Un ressort s'était brisé dans son désir de combativité. Il ne voyait pas comment convaincre ses compatriotes de l'urgence devant laquelle se trouvait l'Humanité pour la première fois de son histoire.

Lorsque les caméras se furent éteintes, Winston s'approcha de lui et lui dit :

- En *off*, Professeur, je comprends ce que vous dites mais on ne peut pas présenter vos analyses ainsi. Le public ne comprendrait pas... J'espère que vous saisissez ma position... À titre de curiosité, combien de temps donnez-vous à l'espèce humaine ?

Norton ressentit un sentiment d'exaspération. L'autre lui parlait, de manière artificielle, comme s'il n'était pas concerné ou comme s'il discutait de quelque chose se passant sur la planète Mars.

- Entre cent et deux cent ans, répondit Norton d'une voix évasive, mais ne vous trompez pas. Tous les hommes ne disparaîtront pas, simplement autour de un milliard survivront... Dans un monde qui n'aura rien à voir avec ce que nous connaissons.

Donovan s'était approché pour écouter. Il haussa les épaules et s'éloigna sans saluer Norton. Weinberg, qui avait assisté à la scène, s'approcha et prit le bras du géophysicien.

- Je comprends ce que vous dites mais je l'analyse comme un philosophe ou un spécialiste des mythes. Les Dieux se vengent de leur créature. Nous sommes en plein dans une tragédie grecque. En un sens, Prométhée perd encore une fois devant Zeus ou alors, si vous préférez, ceux que les Dieux veulent perdre, ils commencent par les rendre fous.

Norton était las. Il n'aspirait qu'à une chose : rentrer et se mettre au lit pour tenter d'oublier. Il avait voulu frapper un grand coup et avait échoué. Il prit son portable et appela Carolyn. Il avait besoin de se confier à quelqu'un, ne serait-ce que pour lui dire n'importe quoi.

Lorsqu'il arriva devant sa porte à plus de minuit, sa femme l'attendait. Sans dire un mot, elle le serra dans ses bras.

- J'ai vu l'émission ; tu as été très bien... Ne culpabilise pas ; que pouvais-tu faire d'autre ?

- Rien sûrement. « Ils ont des yeux pour voir et des oreilles pour entendre... », pensa Norton.

Ils entrèrent enlacés dans le salon, puis Carolyn lâcha le bras de Gary et s'assit sur le sofa en faisant signe à son mari de s'installer à ses côtés. Il lui adressa un geste muet indiquant qu'il avait besoin de boire quelque chose pour dénouer le nœud qui lui obstruait la gorge. Il se dirigea vers le buffet de noyer patiné par le temps et saisit la bouteille de bourbon qu'il déboucha.

- Tu en veux ?
- Non, merci

Il versa le liquide dans un beau verre de cristal taillé et se dirigea vers le sofa. C'est à ce moment que le téléphone sonna. Il posa le verre et attrapa le combiné en coulant un œil vers son

épouse. Carolyn avait l'air perplexe. Qui donc pouvait appeler à cette heure ?
- Allo, Norton ?
Voix inconnue. Qui se permettait de l'appeler ainsi, par son nom et sans son titre ?
- C'est moi.
- Pauvre connard. Ne refais plus jamais ça !! cela pourrait chauffer pour ta charmante épouse, ta fille ou ton fils.
- Qui êtes-vous ?
Norton avait blêmi, ce dont Carolyn s'aperçut avec cet instinct que donne l'amour.
- Pas important... T'as compris ? Plus d'émissions de ce genre, tu l'ouvriras seulement sur les thèmes prévus à l'avance par les chaînes si tu veux continuer ta petite vie pépère.
Carolyn s'était approchée pour se saisir de l'écouteur : elle entendit la fin de la phrase et se tourna anxieuse vers son mari.
Un déclic. On avait raccroché.
- Qu'est-ce que c'est, Gary ?
- Ne t'en fais pas...
- Je dois savoir, puisque j'ai entendu la fin de l'appel... Qui sont ces gens ?
- Qu'est-ce que j'en sais ? des mafieux payés par les grandes firmes... ou la CIA. Tout est possible.

Norton se dirigea vers la baie vitrée donnant accès à la pelouse petite, mais bien entretenue. La pelouse donnait directement sur le trottoir et la rue. Aucune barrière n'entourait sa demeure. C'était comme cela aux États-Unis... Pas comme en France, pays qu'il connaissait assez bien. Mais de tout façon, à quoi servirait une barrière pour se protéger contre ce genre de menace ? Ridicule !!.

Il leva les yeux et contempla les étoiles indifférentes au sort de l'Homme. Il se demanda si, dans d'autres mondes, on agissait ainsi. En tout cas, sa décision était prise. L'apocalypse ne se produirait pas avant des dizaines d'années mais les menaces étaient à beaucoup plus court terme. Il ne se sentait pas très glorieux lorsqu'il se déroba à la baie pour retrouver le regard déterminé de sa femme. Ce qu'il y lut lui redonna un courage insoupçonné. Il comprit en un éclair, qu'entre eux deux, c'était elle la plus forte. Elle lui glissa à l'oreille :

- Gary, fais ce que tu dois... Je suis avec toi depuis le jour de notre mariage et nos enfants aussi, lorsqu'ils sauront. On dit que c'est pour le meilleur et pour le pire... Il n'est pas question que tu te laisses intimider.

Le Professeur Norton serra Carolyn à l'étouffer et, tandis qu'il la pressait contre son cœur, il sentit une larme couler lentement sur sa joue.

- Tu as raison comme toujours. Ce sera dorénavant notre combat.

Récit 7 : Le chien de Acosta

Il n'y avait âme qui vive à cette heure de la nuit dans les rues de San Jacinto où deux hommes armés avançaient prudemment. L'attention était de mise car les deux hommes n'étaient nullement à l'abri d'un junkie en délire ou d'un délinquant quelconque qui aurait disposé de toutes ses facultés. Les ordres étaient les ordres : on tire d'abord et on discute ensuite. La lumière blafarde de quelques lampadaires éparpillés par hasard tous les cent mètres n'éclairait rien du tout. Au delà des cercles jaunâtres s'étendait l'obscurité mais les deux hommes disposaient de torches. Quelques murs lépreux émergeaient de l'ombre en fonction des mouvements fortuits des torches. La peinture qui s'écaillait laissait apparaître de minuscules traces d'ombre vite englouties dès que les hommes s'éloignaient. Quelques toits, très souvent de tôles métalliques posées à la va-vite, apparaissaient et disparaissaient, avalés par la nuit. Des portes, dissimulant des secrets, dont certains portaient probablement sur une désapprobation familiale du régime, surgissaient puis s'évanouissaient à leur tour.

Le trottoir irrégulier fatiguait la marche, il s'estompait souvent pour laisser place à une sorte de gravier, mêlé de poussière ou à des dalles de ciment mal emboîtées, irrégulières, surgissant comme des vagues d'un océan figé.

Au loin, un chat s'éclipsa dans une silence feutré, dérangeant seulement une vieille boite de conserve, mais à part cela, seul s'entendait sur la droite le ressac de l'océan. L'humidité se fit d'un coup plus prenante et les hommes frissonnèrent malgré leur équipement. Un coup de vent soudain en provenance du large avait ramené les brumes accumulées sur l'étendue liquide par plusieurs heures de canicule.

Les deux hommes faisaient partie des forces spéciales de Ruben Acosta, le dirigeant qui s'était emparé du pouvoir deux auparavant à la faveur d'un coup d'État sanglant. Ils étaient lourdement équipés de MAC-10 en 9 mm, de gilets pare-balles, d'un treillis et de pantalons, vaguement couleur caca d'oie, de bottes de combat noires à doubles semelles et de bérets noirs inclinés sur la tempe.

L'un d'eux jura sourdement ; il venait de se tordre la cheville sur une irrégularité de ce qu'il fallait bien appeler, faute de mieux, un trottoir mais les infrastructures de son pays n'étaient pas la première priorité d'Acosta.

Soudain, l'un d'eux arrêta son compagnon et lui montra silencieusement ce pour quoi ils patrouillaient à cette heure tardive.
- Juan, Mira aquí...

Ils armèrent simultanément leurs armes et firent feu sur la cible qu'ils venaient d'identifier. Le hurlement du chien errant ne dura que deux secondes : le ventre déchiqueté, il s'effondra sur le sol après avoir tenté de ramper quelques mètres. Les intestins déchirés s'échappèrent laissant une sanie rougeâtre dans la poussière de la piste, puis le corps s'immobilisa dans un dernier soubresaut.
- Continuons... Encore trois de plus et on pourra rentrer.

La porte intérieure qui donnait accès à la salle du Conseil du Palais battit avec violence ; les assistants ministres et secrétaires d'État se levèrent comme un seul homme. Acosta entrait en territoire conquis le pas martial, sanglé dans son uniforme militaire qui lui donnait une allure de caporal d'opérette. Malgré la relative pénombre de la pièce, il portait des lunettes noires. Un léger sourire se peignait sur son visage, ce que les personnes présentes interprétèrent comme un signe de bon augure car les colères d'Acosta étaient légendaires et se terminaient souvent mal pour l'un ou l'autre malheureux tombé sous le courroux dictatorial.

La salle du Conseil était vaste, d'environ vingt-cinq mètres sur quinze ; des colonnes en marbre, vcinées de vert et rose, en ponctuaient le pourtour mais sans alourdir la structure. De larges fenêtres comportant des croisillons ouvragés s'ouvraient sur des jardins luxuriants et, lorsqu'on les ouvrait pour lutter contre la canicule estivale, les personnes présentes percevaient les gazouillis des multiples espèces d'oiseaux.

Au milieu de la salle, des sous-mains en velours vert, agrémentés d'une chaînette orangée étaient posés sur une grande table rectangulaire en acajou, autour de laquelle se tenaient les ministres et leurs conseillers. La chaînette orangée avait été choisie par Acosta pour orner le nouveau drapeau national ; celui-ci était vert. Décorée en son milieu de deux carabines entrelacées au dessus desquelles trônait l'emblème national, un toucan à deux faces, tel un Janus animal. La chaînette, de forme ovale, entourait l'oiseau et les carabines.

Des festons décoraient le haut plafond et conféraient à l'ensemble un vague air de villa palladienne. Ainsi, en avait décidé Acosta lors de sa prise de pouvoir et il n'avait pas fallu attendre plus de deux jours pour que la bannière nouvelle formule flotte sur tous les édifices publics.

Un képi tout neuf, des bottes noires bien cirées complétaient ce jour là l'ordinaire vestimentaire du dictateur. Acosta mesurait environ un mètre quatre-vingt et on discernait sur ses traits les vestiges d'une ascendance africaine pas si ancienne. En effet, sa grand-mère était arrivée soixante ans auparavant sur le continent Sud-Américain en provenance de Guinée. Elle avait fait souche après avoir été employée dans une plantation de canne à sucre. C'est là qu'elle força la chance en la personne du fils de maison qui lui fit un enfant. Contrairement aux pratiques alors en cours dans ces milieux latifundistes, il ne l'abandonna pas et lui permit même de mener une vie relativement confortable après qu'il eut été rejeté par sa famille et qu'il eut réalisé une partie de la fortune lui revenant par héritage. Dans cette vie d'oisiveté, elle ne perçut pas l'intérêt de parfaire des études qui n'avaient même pas la caractéristique d'être sommaires, puisque inexistantes. Elle décida de compenser son illettrisme derrière une apparente vivacité d'esprit et une stupidité sociale qui ne trompait que ceux qui le désiraient.

Les années passèrent et une fille naquit, que l'on appela Josefa, ou Pepita pour les intimes. Incitée par sa génitrice, Pepita s'adonna très tôt aux pratiques magiques. Elle acquit bientôt, en ces matières, une virtuosité et des connaissances pratiques qui lui permirent d'élargir son cercle de relations, ce qui devait s'avérer très profitable au cours des années suivantes, en particulier grâce à certains milieux militaires.

Son teint très foncé s'apparentait bien plus à celui de sa mère qu'à celui de son père mais, malgré les relents de racisme fort présents dans le pays, elle décida de dépasser sa mère dans la conquête d'une situation sociale bien établie et respectée. Elle eut l'intelligence d'apprendre à lire et à écrire, sans être sûre qu'elle en tirerait un profit, mais son intelligence émotionnelle lui susurra à l'oreille que cela ne pouvait pas lui faire de mal dans les milieux qu'elle souhaitait fréquenter.

A son tour, elle fit souche avec un Acosta, rejeton de bonne famille, blanc comme il se doit, mais les gènes sont bizarres, voire capricieux et ne respectent pas les envies sociales. C'est pour cela que Ruben Acosta naquit pratiquement aussi noir que sa mère, ce qui induisit chez celle-ci une période de découragement de plusieurs mois.

Néanmoins, Pepita ne se laissa pas aller et décida de s'occuper personnellement de l'éducation de son fils. Elle ambitionnait déjà de lui faire atteindre un jour le pouvoir.

Elle se persuadait aussi qu'en mariant son fils avec une vraie blanche, il y aurait bien, quelque jour à venir, un juste retour des choses et une récompense devant tant d'attente et d'espoir. Elle se disait enfin que la probabilité que naisse un enfant moins marqué par la mélanine augmentait avec le temps. Il suffisait d'être patient.

Elle eut pour son Ruben toutes les tendresses et les imbécillités dont peuvent être capables certaines mères. Elle lui passait tout, ses caprices comme ses lubies parfois bizarres. Elle ne l'encouragea pas à l'effort, le laissant dans l'impression que le monde est un jeu et que le fruit tombe par nécessité temporelle et non par récompense.

Ruben Acosta qui, dans un autre milieu, n'aurait pas été une lumière de première grandeur, mais aurait pu s'adapter à une vie sociale même médiocre, devint un véritable petit tyran sans morale et sans reconnaissance. Très tôt, son attirance pour la cruauté gratuite aurait pu attirer l'attention ; cependant, cela ne fut pas le cas, la mère à cause de son aveuglement criminel et le père par suite de son désintérêt pour les frasques de son fils. Très jeune, il apprit à massacrer les chats errants et les oiseaux. Très jeune également, les combats de coq lui firent perdre de l'argent, mais aussi en gagner, surtout après qu'il eût réussi à pénétrer le milieu fermé des organisateurs de San Jacinto et compris l'essence des trucages et de la corruption qui y régnaient.

De cette vie de cruauté gratuite, il ne paraissait jamais rassasié, non plus que quelques compagnons qui partageaient avec lui cette malsaine occupation.

Tout était donc en place pour que se joue la pièce tragique qui devait plonger le pays dans la stupeur et susciter la réprobation polie des quelques nations extérieures qui s'estimaient plus démocratiques.

C'est Pepita qui permit à Ruben de pénétrer les cercles militaires qui devaient lui fournir les clés du coup d'état qui le porterait au Pouvoir. Rapidement, il se fit l'ami d'un colonel plus âgé qui le prit sous son aile, étonné de l'audace du garçon et de son absence de scrupules.

D'autres militaires, frustrés dans leurs ambitions par une démocratie molle et passablement corrompue, prêtèrent main forte à des actions de plus en plus téméraires et de plus en plus factieuses. Des personnes disparurent sans qu'on retrouvât les corps, d'autres moururent torturés sous les frappes de sbires non identifiés. De temps en temps et comme à regret, des langues se déliaient et on disait dans les villages - mais que ne dit-on pas ? - que des hommes en noir débarquaient la nuit et emmenaient hommes et femmes dans des camions pour des destinations inconnues. Ceux qui racontaient cela prenaient la précaution de le faire, une fois sortis du pays. Un journaliste inconscient fut retrouvé au petit matin assassiné et pratiquement nu sur une plage déserte.

Les autorités ne réagissant pas, Acosta et sa bande se dirent que la route leur était ouverte pour de plus grandes aventures.

C'est ainsi que le monde apprit un beau jour le renversement, par la Junte, de Carlos Avallos, social-démocrate à la petite semaine. Les chars pénétrèrent vers cinq heures du matin dans San Jacinto sans rencontrer beaucoup d'opposition, si ce n'est un bataillon de la garde qui opposa un semblant de résistance avant de rendre les armes.

Les putschistes occupèrent les points névralgiques, dont le Parlement, la Télévision et la Radio d'État. À midi, tout était consommé et les citoyens de ce coin du monde qui, en d'autres circonstances, aurait pu être un paradis, se retrouvèrent avec un gouvernement militaire qu'ils n'avaient ni choisi, ni désiré.

L'ONU, par la voix de son secrétaire général, protesta. Les États-Unis parlèrent de sanctions diplomatiques et économiques, la presse glosa, puis le monde oublia graduellement et tout retomba dans le silence de la complicité tacite.

Une qui connut une des plus grandes joies de sa vie fut sa mère... Elle ne se privait pas de prétendre que cette réussite lui était due pour une grande partie. Acosta, impitoyable avec l'extérieur et avec ses opposants, était d'une mollesse et d'une indécision envers sa génitrice qui frôlait le dérangement mental. Pepita exigea et obtint de siéger au Grand Conseil.

Ses pratiques de magie, l'ayant mise en contact avec nombre de sorciers, chamans et individus se mêlant de guérir ou prédire l'avenir, l'incitèrent à aller plus loin. Elle avait parlé à son fils d'un certain Dionisio, sorte de Raspoutine Latino qui eut le bonheur de la guérir, par quelques tours de passe-passe, d'un eczéma tenace. Dionisio devint en peu de temps, l'idole de Pepita. Rien ne pouvait se décider sans qu'il ait émis quelque avis. Ce personnage qui ne savait pas où etaient l'Europe et l'Asie, devint conseiller pour les affaires stratégiques et se mit à émettre des opinions péremptoires sur les réformes à adopter par le nouveau gouvernement.

Ce qui devait arriver arriva : Pepita présenta Dionisio à Ruben. Les deux hommes se plurent, ou du moins, se reconnurent comme frères de turpitudes. Ils comprirent au premier coup d'œil qu'ils pouvaient avoir besoin l'un de l'autre.

Sur ces bases contestables, une alliance se scella, destinée à contrôler le pays et ses richesses.

C'est avec un orgueil démesuré que Pepita observait, ce jour là, l'entrée de son fils adoré dans la salle du Conseil du Palais. Elle était la seule à qui Acosta permettait de rester assise. Cela lui procurait un frisson supplémentaire, presque un orgasme, lorsqu'elle voyait ministres et conseillers debout, immobiles en attendant l'ordre présidentiel.
- Assis.

Quelques secondes de frottement et de raclements sur le plancher le temps que chaises, ministres et conseillers se mettent en place et Acosta commença :
- Aujourd'hui, il nous faut voir si il est possible d'acheter quelques chars pour l'armée. Des M1 Abrams, américains, je précise. Diego, as-tu quelque chose à dire ?

Diego, un vieux comparse de Acosta était ministre des armées.
- Non, si tu penses que c'est bien, alors, c'est bien.

Acosta éclata de rire. Un rire de grosse bête bien nourrie.
- Bien sûr que c'est bien. Ils ont augmenté mon compte numéroté de Nassau... Et ces cons de français qui n'ont pas voulu suivre. Dommage, leurs Leclerc sont meilleurs.

Diego tirait la gueule. Il n'avait pas reçu le moindre peso de la tractation ; il lui faudrait se rattraper sur un autre contrat, peut-être celui des avions qui devait être discuté le mois prochain. L'embêtant, pensa-t-il, était qu'avec les lourdeurs administratives des différents congrès, il ne toucherait pas le fric avant deux ans au minimum. Le pire était le Congrès américain qui se bouchait parfois le nez pour vendre du matériel aux pays qui violaient les règles les plus élémentaires de la Démocratie...
- Maman, et toi ?

Les participants se tournèrent d'un bloc vers l'interpellée. Sa parole pouvait seule modifier les choses.
- Ruben, si tu penses que c'est bien, alors, c'est bien.

Le vote ayant montré que tous approuvaient le choix présidentiel, les participants à la réunion passèrent au reste de l'agenda.

Au bout de deux heures, Acosta en avait assez. Il suait malgré l'air conditionné et sentait les gouttes pénétrer insidieusement le col de sa chemise. Et puis, il avait soif... Quelle barbe que ces Conseils !! Il en aurait bien volontiers confié la responsabilité à sa mère mais tous les connards autour de la table auraient été capables de s'unir pour lui mener la vie dure.
- Bon, assez, c'est l'heure de manger, reprit-il. Je vous ai préparé une surprise qui montrera si vous êtes fidèles. Et j'ai invité Dionisio à se joindre à nous...

Les ministres et les conseillers n'aimaient pas forcément Dionisio ni les surprises de Acosta mais se gardèrent bien de faire part de leur réticence. Néanmoins, une surprise ne présageait géméralement pas quelque chose de bon.

Dionisio, comme mu par l'instinct du télépathe, entra dans la salle sans y être invité et Acosta fit ce qu'il ne faisait pour personne, si ce n'est pour sa mère, à savoir se lever et l'accompagner depuis la porte jusqu'à une place qui était restée vide à côté de lui.
- Mon cher Ami, mon Double... Je suis bien content.. Tu crois que ça me fait plaisir de contempler toutes ces faces de faux-culs ? Alors qu'avec toi, je suis en sécurité. Rien ne peut m'arriver. Tant que ta magie me sera fidèle et que tu me prédiras un avenir glorieux et bénéfique pour mon peuple, je serai ton élève obéissant... ton obligé. Mais gare à toi, Dionisio, de ne pas me tromper... Tu sais que je n'aime pas ça... On va manger, Dionisio.

Trois serveurs entrèrent, portant des assiettes sur lesquelles on discernait des objets ovoïdes de la taille, à peu près, de gros œufs d'autruche Ils posèrent des assiettes devant chaque convive, servirent quantité de bières et de bouteilles de whiskies qu'ils laissèrent sur le table et se retirèrent.

- Est-ce que vous savez ce que vous allez manger ? s'esclaffa Acosta.

Devant la perplexité des convives, Acosta éclata du même rire que précédemment.

- Ce sont les cerveaux des opposants fusillés ce matin. Les types n'étaient pas bêtes et Dionisio m'a dit que manger leur cervelle nous rendrait plus intelligents et meilleurs. J'ai bien précisé au lieutenant que ses hommes ne devaient pas viser la tête, sinon, ils risquaient de se retrouver du mauvais côté du fusil la prochaine fois... Bon appétit.

Les ministres et les conseillers étaient habitués aux lubies et aux foucades du dictateur et ne purent s'abstenir d'une légère moue de répulsion mais ils savaient que Acosta disposait en sa mère d'un espion tout dévoué, prêt à toutes les délations, aussi refrénèrent-ils rapidement leur manque de contrôle sur eux-mêmes. Du coin de l'œil, il perçurent la matrone guettant et notant les comportements suspects avec cette infaillibilité et cette mémoire qu'ont trop souvent les traîtres et les délateurs.

Tous mangèrent en silence et une certaine insouciance s'empara de nouveau d'eux après que Acosta eût ouvert la première bière et la première bouteille de whisky. C'était le signal qu'on pouvait s'empiffrer et surtout boire... Et puis, il était presque certain qu'après le repas, viendraient les filles. Avec Acosta, on savait à quoi s'en tenir de ce côté là ; c'était au moins une chose qu'on ne pouvait pas lui reprocher.

Le surlendemain, Ruben Acosta se trouvait avec Dionisio dans une aile du Palais présidentiel. Des bouteilles de gin et de bière étaient alignées dans un ordre rigoureux. Acosta se saisit d'une bouteille de gin, l'ouvrit et se versa un peu du liquide dans un splendide verre en cristal. Dionisio pensait que l'alcool l'aidait à accéder aux états supérieurs, aux transes extatiques, mais il était peut-être tôt pour le gin, Il attrapa une bouteille de bière qu'il décapsula rageusement...

Plusieurs choses tracassaient Ruben Acosta, dont une plus particulièrement. Bien que les exécutions de la veille lui eussent mis un peu de baume au cœur, le rapport des services de renseignement qui venait d'arriver sur son bureau ne laissait pas de l'inquiéter et c'est la raison pour laquelle il

souhaitait faire part de son trouble au mage. Le rapport indiquait que l'agitation du Front pour la Démocratie avait probablement des origines et des sympathies dans son entourage même. Des proches, ministres ou autres conspiraient-ils ? Acosta en avait des sueurs froides. Très certainement, Dionisio saurait trouver les mots pour le rassurer. En tout cas, on savait qu'il voyait l'avenir.
- Frère Dionisio, je suis inquiet... Que conseilles-tu ?

Dionisio fit semblant de se concentrer, il savait que cette attitude forcée provoquait le respect chez son interlocuteur. Il baissa le front, le cacha dans ses mains jointes pendant de longues minutes. Acosta ne se sentait pas le droit d'interrompre la méditation du mage. Cela pouvait attirer des foudres incontrôlables.

Puis Dionisio sortit de l'état de rêverie apparente et dit :
- Appelle ta mère, Ruben. Sa présence m'aidera.

Acosta se leva d'un bloc et héla un serviteur qui se trouvait près de la porte.
- Vite, qu'on fasse venir Doña Pepa...

Puis se tournant vers Dionisio
- Ah ça, m'expliqueras-tu ?
- Le chemin est long et la pente décourageante, émit le mage avec un demi-sourire.
- Mais encore ?

La question resta en suspens car Pepita entra dans la pièce, heureuse qu'on ait besoin de faire appel à ses services.
- Maman, Dionisio demande ta présence mais du Diable si je sais pourquoi.
- Ruben, l'impatience est un défaut et tu es particulièrement impatient. Ta mère a l'expérience qui peut nous être utile pour anticiper et vaincre les soupçons qui te torturent.

Après avoir prononcé ces fortes paroles, Dionisio sortit un très vieux jeu de Tarot ; les cartes étaient écornées et certaines même, noircies par le passage dans des centaines de mains au cours des âges. Il commença à battre le jeu et à jeter les cartes comme au hasard sur la table.

- Señora, vous possédez cette science comme moi. Confrontons nos sentiments et nous distillerons dans le cœur de votre fils le repos dont il a besoin... Ou alors, si elles sont défavorables, nous tâcherons de trouver le remède. Les minutes passèrent dans un silence pesant puis Dionisio, relevant la tête, prit la parole :

- Je vois un Ennemi puissant et dissimulé, un renard dont la tanière ne nous est pas connue et qui en change chaque jour. Il jouit de nombreux appuis à l'intérieur et à l'extérieur. Sa ruse n'a d'égale que son audace et sa persévérance. Aujourd'hui, il peut être à San Jacinto et demain dans les faubourgs de Moroñon... Il a un maître encore plus puissant... quelque part.

À un signe de tête de Ruben, Pepita comprit que son fils attendait qu'elle infirme ou confirme les dires de Dionisio. Elle regarda à son tour fixement les cartes et ne put qu'approuver ce qu'annonçait le mage.

- C'est vrai... Il rôde en attendant son heure. Ce sera lui ou toi.

Acosta rugit. À quoi cela servait-il d'avoir une police politique dévouée si une telle menace subsistait ? Que faisait cet incapable de Fuentes ? Il aurait dû le fusiller avec les autres... Voilà où menait la pitié. Comme si Dionisio avait lu dans les pensées de Acosta, il reprit la parole :

- Ne t'emporte pas et réfléchis. Fuentes n'y est pour rien. Ton Ennemi travaille à un niveau que le pauvre ne peut même pas envisager. Crois-moi, si les deux étaient du même calibre, Fuentes l'aurait trouvé mais il lui est impossible de pénétrer l'esprit de ton Ennemi. Moi, je peux mais il me faut un peu de temps.

- Tout le temps que tu voudras mais ne tarde pas trop quand même...

Dionisio se retira dans les appartements que Pepita lui avait fait obtenir ; il réclama quatre filles pour favoriser sa concentration et la bienveillance des esprits. Il se livra ensuite à ce que sa sensualité lui commandait, mais la discipline et son engagement auprès de Ruben furent les plus forts. Après quelques joutes avec les filles, il les congédia brutalement et se mit au travail. D'abord, ce fut l'évocation des esprits anciens du continent africain, des esprits oubliés mais puissants. Pour cela, il disposait de quelques herbes qu'il fit brûler dans une sorte de cassolette à trois pieds.

Simultanément, il psalmodia un air très vieux, lancinant et hypnotique. Les volutes se croisaient, dessinant des figures aussi vite effacées, tels des serpents d'argent dont l'existence n'aurait dépendu que des trajectoires erratiques des molécules d'azote et d'oxygène. Au bout d'une heure, Dionisio avait sa réponse. Il sortit presque en courant pour se rendre chez Acosta ou, à défaut, chez sa mère.

Il dégringola une volée d'escalier en marbre et eut la chance de rencontrer Doña Pepa presque instantanément. Il lui fit part de ses conclusions en l'assurant que son aide serait précieuse pour rassurer Ruben. Elle accepta sur l'heure de l'accompagner chez son fils. Lorsqu'ils parvinrent devant le double battant du bureau où devait se trouver le dictateur, ils reprirent leur souffle, rajustèrent leurs vêtements et se firent annoncer.

Acosta était seul devant sa bouteille de gin, l'œil légèrement vitreux.
- Ruben, cria Pepa, nous avons du nouveau. Tes ennuis pourraient bien se terminer plus tôt que tu ne penses.
- On vient d'arrêter quelques connards qui placardaient des affiches contre moi... J'ai bien envie de les faire fusiller.

Dionisio intervint.
- Garde-toi de le faire... Ce n'est que du menu fretin et puis cela leur donnerait des martyrs... Nous savons ce qu'est devenu ton Ennemi.

L'œil cessa tout à coup d'être vitreux pour retrouver sa vivacité habituelle.
- Parle, animal.
- Tout montre que l'Ennemi prend diverses apparences, mais le plus souvent, il se transforme en chien, en chien comme il y en a des milliers dans les rues, tu sais les chiens *callejeros*. Il prend l'apparence d'une bête de n'importe quelle race, caniche, berger allemand, dogue, chihuahua,... Et il le fait surtout la nuit... Il peut aussi se dissimuler dans les maisons en prenant l'apparence de ceux qui y sont déjà.

Pepita prit la parole à son tour
- C'est vrai, Ruben et pour en finir avec lui, il n'y a qu'un moyen : les éliminer tous.
Acosta se leva et d'une voix formidable:
- Manuel, amène-toi
Manuel était le chef de la Garde Personnelle du dictateur. Il entra précipitamment
- À vos ordres, Excellence.
- Tu patrouilleras dès cette nuit dans toute la ville avec tes hommes, vous abattrez tous les chiens que vous rencontrerez et vous continuerez jusqu'à l'extermination complète de cette espèce maudite.
Si Manuel trouvait la requête bizarre, il n'en laissa rien paraître.
- Cette mission remplace toutes les autres, cria un Acosta furibond ; je veux dès demain matin un premier rapport.
- À vos ordres Excellence, répondit laconiquement Manuel.

Deux mois après cette scène, quelques centaines de citoyens de San Jacinto se pressaient sur la *Plaza de Armas* de San Jacinto. Ils n'avaient qu'un motif pour être présents et tenaient à le faire savoir malgré le danger qu'il y avait à manifester sa réprobation : ils protestaient contre l'assassinat de leurs chiens et certains, qui avaient pu cacher leurs animaux de compagnie pendant ces deux mois de folie, les exhibaient, inconscients car incapables d'anticiper les méandres des pensées d'Acosta.

Un homme de quarante ans, nommé Antonio, était au premier rang. Sa mère lui avait recommandé de ne pas faire les cinq kilomètres à pied qui séparaient sa modeste case des faubourgs de San Jacinto de la *Plaza de Armas*. Elle lui avait dit qu'Acosta était positivement fou et que son entichement pour Dionisio aggravait encore la situation, mais Antonio était têtu. Il tenait à être présent avec quelques voisins. Son petit compagnon, celui qu'il emmenait sur les chantiers où il travaillait en chantant, malgré la dureté de la vie, avait été abattu deux jours auparavant.

À dix heures du matin, le brouhaha était tel que la troupe se rassembla devant le Palais pour empêcher toute tentative d'intrusion. Les hommes fortement armés, la face cuivrée luisant sous le soleil, faisaient face à un peuple désarmé composé principalement de femmes, d'enfants et de vieillards.

Antonio s'avança et s'adressa au premier soldat devant lui. Le type, la casquette rabattue devant les yeux ne voyait presque rien, si ce n'est en levant la tête.

- Tu n'aimes pas les animaux, dis-le... Hein, tu n'aimes pas les animaux, sinon tu ne serais pas complice de tous ceux-là.

Le soldat avait-il des sentiments ? Peut-être. Pouvait-il les exprimer ? Très peu probable. Il resta donc impassible sous le chaud soleil qui inondait la *Plaza de Armas,* mais Antonio vit perler une goutte de sueur sur sa joue.

- Nous sommes le Peuple, cria Antonio.

Une sourde rumeur d'approbation parcourut la foule. Pratiquement, au même instant, la porte-fenêtre du Palais s'ouvrit et le buste de Acosta, bardé de ses décorations, se présenta poitrail offert à une dizaine de mètres au dessus de ses sujets. Dionisio se glissa comme une anguille vers les premiers rangs.

- Que veux-tu, Peuple de San Jacinto ? s'exclama le Dictateur.

Une onde sonore couvrit ces paroles, mais une onde indistincte et désordonnée.

- Nous sommes un grand peuple et tes revendications seront satisfaites si elles restent raisonnables. Que veux-tu ?...

Un seul cri cette fois :

- Qu'on nous rende nos chiens ! Mais cela, Ruben Acosta, tu ne le peux pas, cria une femme, agrippée aux grilles, et dont la chevelure tombait comme une cascade désordonnée sur un visage ravagé par la douleur.

Acosta fronça les sourcils. « Quelle plèbe incommode et malodorante !! ».

- Oh Peuple, que t'importe cette vile espèce dont tu me parles ? Souviens-toi de notre Grandeur, de notre Grandeur passée qui fit que Bolivar et ses héroïques compagnons nous libérèrent du joug étranger. Tu fis preuve alors de la force du sang qui flue dans tes veines sans tomber dans ces vociférations de femmes hystériques. Tu étais alors peón, journaliste, artisan ou soldat, mais tu sus t'unir avec tes frères pour établir le Royaume de la Liberté et de la Démocratie car tu avais des *cojones*. Même les femmes avaient des cojones à cette époque...

Puis Acosta éclata d'un gros rire et se tourna vers ceux qui se tenaient derrière lui pour détecter qui riait et qui ne riait pas..
- Acosta, reprit la femme en pointant un doigt accusateur. Maintenant, tu blasphèmes et Dieu saura te punir.
- Ma patience a des limites. Dispersez-vous immédiatement, se mit à hurler le Dictateur.

Antonio cria :
- Débarrasse-toi de ton sorcier, cause de tous nos maux. Nous avons accepté beaucoup parce que nous étions fatigués de ceux d'avant. Quand tu as diminué les pensions, nous n'avons rien dit. Quand les prix du manioc, du riz, du pain ont explosé, nous nous sommes tus... Mais maintenant, tu t'en prends à des animaux sans défense.

La troupe commença à se mouvoir mais le Peuple, pris dans sa colère, n'y prit pas garde. Dionisio se pencha vers le Dictateur et lui murmura quelques paroles à l'oreille.
- Encore une fois, dégagez, cloportes, s'écria Acosta.

Mais la foule ne bougea pas. Ce n'est que lorsque les premières salves eurent été tirées que le panique s'empara d'elle. Ce fut un reflux désordonné de femmes échevelées entraînant enfants et parents dans une course éperdue. On butait sur les masses abattues comme sur des sacs de ciment qui auraient été jetés là par hasard. Antonio, mû par un soudain pressentiment, s'était jeté à terre dès les premiers tirs. Il fut protégé par un homme qui reçut la balle qui lui était destinée. Les grilles ne s'ouvrirent pas et les soldats restèrent derrière, observant ce qui se passait, une fois que le feu se fut calmé.

Acosta décida de laisser les cadavres vingt-quatre heures sur la *Plaza de Armas* de façon à faire réfléchir les mécontents. La chaleur ajouterait rapidement son lot de désagréments olfactifs à la vision d'horreur. L'Archevêque de San Jacinto s'emporta, accusant Acosta d'avoir rejoint, avec cette dernière abomination, les rangs de Satan, mais le Dictateur lui cloua le bec en affirmant que si l'homme de Dieu ne se taisait pas, il pourrait bientôt faire connaissance avec des cachots militaires moins confortables que les appartements de la Curie.

Les tirs s'étant calmés, Antonio décida de ne pas tenter le diable et de rester allongé, jusqu'à la nuit. Il tremblait, plus pour sa mère qu'il n'avait pas les moyens de prévenir, que pour lui-même.

Les journaux du Monde entier montrèrent le carnage : trente-huit morts. Les photos étaient parfaitement éloquentes et les journalistes insistaient particulièrement sur l'odieuse décision de ne pas ramasser les corps avant le jour suivant.

Lorsque l'aube pointa, Antonio leva la tête avec précaution. Il avait un goût détestable dans la bouche et l'odeur fade du sang séché emplissait ses narines. Toute la nuit, sans dormir, à respirer les miasmes, c'était trop... Il se leva, tremblant, et se tata pour vérifier que les traînées brunes qui ternissaient sa chemise ne provenaient pas de blessures, mais du mort près duquel il avait passé la nuit. Les soldats s'étaient retirés et rien, si ce n'étaient les corps étendus, ne pouvait laisser imaginer ce qui s'était produit douze heures plus tôt.

L'humidité du petit matin transperça Antonio qui frissonna en serrant de ses deux mains son col de chemise. Il vit avec horreur que, malgré l'heure matinale, les mouches commençaient à arriver.

Il tituba, tachant de se souvenir du chemin qui menait à sa case. Il n'y parvenait pas, s'égarant dans ses souvenirs, dans le spectacle de la tuerie qui tournait comme un manège infernal dans sa tête... Pourtant, il lui fallait prévenir sa mère ; là était l'urgence.

Au même instant, sur les collines pelées qui entouraient San Jacinto et alors que les premières lueurs combattaient difficilement les ténèbres, apparut un chien gigantesque, de type berger allemand. L'animal resta quelques minutes à contempler la ville, entouré par les cactus rachitiques qui constituaient quasiment la seule végétation de cette partie de la périphérie urbaine. On avait la sensation qu'il cherchait à repérer un lieu ou une personne, puis il descendit la pente à petites foulées nerveuses.

Antonio s'arrêta dans un petit square, au carrefour des rues Diego de Léon et Peralta, où poussaient difficilement quelques palmiers et une mauvaise herbe jaunâtre. Quelques bancs de ciment à moitié effrité lui offrirent quelques minutes de répit. La tête lui tournait et il ressentait une forte envie de dormir. Il avait le cerveau vide, si ce n'étaient les images de la soirée qui continuaient leur folle ronde. Il aurait voulu se laver de cette boue mais c'était évidemment impossible.

Le chien et l'homme se rencontrèrent là... L'animal s'approcha d'Antonio qui, malgré la taille de la bête, n'éprouva pas d'appréhension. Le chien poussait de petits gémissements et semblait vouloir inciter Antonio à se lever et à le suivre dans une direction précise. Antonio, indécis, se rendit soudain compte que l'animal le conviait à emprunter une rue très passante qui était justement une de celles qui le mènerait chez lui. Il se leva donc et suivit le chien machinalement.

Il parvint enfin devant sa maison reclus de fatigue, le pantalon crasseux pour avoir marché la plupart du temps sur les bas côtés pour éviter les voitures qui projetaient , à chaque passage, des nuages de poussière. Sa mère, le voyant ainsi, le chien sur les talons, courut à sa rencontre et lui dit en pleurant :
- Nous t'avons cru mort, Antonio. Dieu soit loué.
- Il aurait peut-être mieux valu car, que nous vaut-il de vivre dans un pays où se passent de telles horreurs ? Vous avez entendu la radio ?
- Oui, Antonio, comment peut-on ? Nous sommes dans la main de Dieu, que veux-tu ?... Mais qu'est-ce que ce chien ?
- Il me suit depuis le centre de la ville et semble perdu... Regarde, il est superbe et je veux tout faire pour qu'il ne tombe pas sous les balles des tueurs. Il remplacera l'autre.

Sa mère ne répondit pas, deux de ses frères, qui venaient de passer le seuil, l'embrassèrent, puis tout le monde, chien compris, rentra dans la maison.

Un peu après le déjeuner, Antonio, qui était sorti prendre l'air, comprit qu'un événement dont il n'avait pas entendu parler, se profilait à l'horizon. Les gens se dépêchaient dans une direction précise, en famille ou isolés. Parfois, des groupes d'amis qui parlaient fort et riaient se pressaient le long des bordures, se bousculant et s'encourageant. Antonio ne comprenait pas ce qui les incitait à rire. N'avaient-ils pas entendu ce qui s'était passé ? Intrigué, il décida de suivre la marche générale et d'aller jusqu'à l'avenue principale, à trois cent mètre de là, où se tenait le marché, pour en avoir le cœur net.

Les gens étaient agglutinés sur les trottoirs en deux ou trois files, de chaque côté de l'avenue. Celle-ci était déserte et, au dessus des têtes, des portraits gigantesques de Acosta étaient accrochés aux lampadaires et aux feux de signalisation. Ils informaient les habitants du quartier de San Ramon que le Dictateur arriverait aux alentours des deux heures de l'après-midi, en tête d'un cortège qui compterait ses plus proches collaborateurs. Selon les affiches, Acosta voulait se rapprocher de son peuple et sentir la ferveur populaire autour de lui.

Antonio, par désœuvrement ou autre, se résigna à attendre. Pressentait-il un événement particulier ? Une révolte populaire après la tuerie de la veille ? Des accusations devant le Tribunal de Dieu ? Il ne le savait pas lui-même et ne ressentait rien, sinon la colère et le dégoût. Il se dit soudain qu'il voulait contempler les traits du tortionnaire et tacher de déceler, sinon un remords, du moins une légère inquiétude.

La foule ne paraissait pas savoir ce qui s'était passé sur la *Plaza de Armas*. Elle restait calme et nul murmure ne l'agitait comme cela aurait dû être le cas si elle avait été au courant du carnage. Bizarre, songea Antonio... Un homme à côté de lui regarda le chien, tranquillement assis sur son arrière-train.

- L'ami, dit-il. Tu cours des risques. Ne sais-tu pas que Acosta ne veut plus de ces animaux dans tout le pays et qu'il les fait abattre ?
- Je le sais.
- Et tu n'as pas peur qu'on te dénonce ?
- Autrefois, il m'arrivait d'avoir peur mais désormais, ce n'est plus le cas, fut la réponse d'Antonio.

L'homme était-il un provocateur, un agent du Gouvernement ? Antonio allait-il voir des policiers s'approcher de lui pour l'entraîner au poste ?

Pris dans ses pensées, il entendit arriver le cortège avec retard lorsque la rumeur le tira de ses rêveries. Venant de la gauche, à deux cent mètres environ, les limousines noires se profilaient avec leur vitres fumées. Trois en tous, une devant et une derrière, sûrement avec des barbouzes et celle du Dictateur au milieu.

Pour une raison qu'il ne saurait expliquer plus tard, bien qu'ayant vécu les événements au plus près, Antonio vit le véhicule de Acosta s'arrêter très près de l'endroit où il se tenait. On ne voyait rien à l'intérieur et de là où il était, il distinguait parfaitement le libellé : *Bullet proof*. Une Cadillac américaine.

Puis, la porte s'ouvrit et Ruben Acosta sortit, équipé de ses sempiternelles lunettes noires qui représentaient certainement comme une marque de fabrique ou un logo. Il leva les bras et s'avança auprès du pare-chocs avant de la voiture, tout en souriant de toutes ses dents à la foule qui gronda comme une mer amoureuse. « Inimaginable, grotesque, insensé ». pensa Antonio. « Il a les mains encore poisseuses de sang et il salue comme un empereur romain ».

Acosta s'approcha du côté où attendait Antonio : manifestement, son intention était de serrer des mains et, peut-être, si l'occasion se présentait, de se faire photographier avec quelque mioche dans les bras offerts par des mères énamourées.

Mais le Destin a ses raisons que l'homme ne peut pas percer. Sans qu'aucun signe n'ait pu le laisser prévoir, le chien qui s'était tenu dans un état de tranquillité parfaite jusqu'alors bondit et, d'un saut prodigieux, attrapa Acosta à la gorge. Personne n'eut le temps de réagir, ni les gardes dont c'était la fonction, ni la foule. Une seconde plus tard, un geyser de sang inonda le sol poussiéreux et Acosta, la gorge lacérée par les crocs de la bête, s'effondra au sol, secoué des derniers soubresauts de l'agonie.

Les gardes finirent par sortir de leur torpeur et firent feu. Le chien, troué de part en part par les balles des M-16, s'abattit à son tour, l'œil tourné vers le ciel. Antonio eut la très fugitive, mais très nette impression qu'il y cherchait une dernier réconfort avant de quitter cette terre.

Dionisio sortit de la voiture et tomba à genoux auprès de celui auquel il avait voué son âme damnée. Il se mit à geindre comme un enfant :
- Je le craignais, Ruben, Tu n'as pas fini la mission que j'avais déterminée pour toi et l'Ennemi a fini par te tuer.

Récit 8 : Vengeance

Le trottoir luisait sinistrement sous la pluie froide qui tombait depuis le matin et les lumières blafardes du boulevard n'arrangeaient pas l'humeur morose des passants. L'accumulation de pollution atmosphérique ramenée vers le sol par les larmes du ciel avait rendu le pavé gluant. Quelques personnes frigorifiées sous les lampadaires et marchant vite... Rien que de très ordinaire. Mais tout le monde ne ressentait pas le besoin de se précipiter vers une bouche de métro. Non !! Cinq personnes résistaient aux conditions climatiques pour rendre hommage aux victimes du dernier attentat qui avait ensanglanté la ville.

Rien que d'ordinaire encore une fois. Des bougies, protégées de la pluie par des globes de verre, tremblotaient sous les sautes de vent, quelques fleurs commençaient à se faner et conféraient à la scène un vague air de lendemain de Toussaint, jour des Morts, macabre analogie. Les autres, lessivées par la pluie, pendouillaient et participaient du deuil dans leur nature de fleurs passives.

Les personnes immobiles devant ce présentoir tentaient de lire les messages inscrits sur les feuilles de papier froissé : " *À Laura, pour toujours dans mon cœur*" ou "*Je ne t'oublierai jamais, ni ton regard, ni ton sourire. Adieu...*".

Les bougies continuaient à trembloter, indifférentes au malheur ou à la peine. Depuis qu'elles avaient été placées sur le trottoir dans des verres à moutarde, les fleurs attendaient sans une plainte la fin de leur existence terrestre. La pluie froide ne parvenait évidemment pas à leur redonner un peu de vigueur.

Rachida regardait tout cela sans comprendre. Les jérémiades de gaulois trop bien nourris et le faux compassionnel lui donnaient la nausée. Des pleurnicheries d'enfants qui n'avaient pas envie de se battre, c'était le résultat de décennies de perte de sens et de transcendance. Elle savait que dix millions de musulmans avaient péri sous les bombes des croisés car les américains avaient cru bon d'exporter ce qu'ils appelaient la Démocratie, ce dont la Nation arabe - qui existerait un jour - n'avait rien à foutre.

Ce n'était pas possible, ces attentats, ou alors c'était un montage des Croisés, alliés des Sionistes. Un moyen de justifier de nouvelles agressions. Le jour de l'attentat, elle avait regardé en boucle BFM-TV jusqu'à l'indigestion, jusqu'à pouvoir réciter par cœur les commentaires des journalistes qui s'étaient déplacés sur les lieux du drame. Dès qu'elle avait vu pour la quatrième fois le tête du petit brun avec son micro, elle avait ressassé avant lui, pratiquement une seconde avant qu'il ne prononce les mêmes mots accusateurs : *"... Radicalisation... Nés en France... Kalachnikovs... Haine des valeurs de la République... Haine de la jeunesse qui fait la fête..."*. Au bout de deux heures, elle en avait eu assez. La chaîne de télévision appartenant à un Sioniste, avec ses sous-entendus et ses assertions hypocrites, lui donnait envie de vomir. Les musulmans étaient les premières victimes, comme pendant des siècles. D'ailleurs, que tout ce baratin soit du vent n'était pas étonnant car BFM appartenait à un demi-feuj, c'était bien connu.

Elle avait bien vu dans le métro quand un basané, entré avec un sac à dos, avait généré un mouvement de recul des petits blancs. L'homme n'avait pas semblé s'en rendre compte. Il semblait las de son boulot de veilleur de nuit et n'aspirait sans doute qu'à se coucher. Il s'était affalé sur un strapontin sous lequel il avait fourré son sac, puis avait rabattu sa capuche sur ses yeux et semblé s'abîmer dans un demi-sommeil. Rachida l'avait regardé un moment, tentant de percer les pensées qui pouvaient lui traverser la tête.

Tout en lisant distraitement les petits mots d'adieu sur le papier humidifié par la pluie, la jeune fille réfléchissait. Peut-être que son frère avait raison après tout lorsqu'il disait que toutes ces histoires autour de l'Islam radical étaient inventées par les Juifs et montées en mayonnaise par le Mossad. Ou alors, cette p... de CIA qui était derrière comme toujours. Chaque fois qu'il y avait un coup fourré contre les frères, à chaque fois, le bras de Langley était apparu et dénoncé par les clairvoyants, aidés par le Prophète.

Finalement, toujours les mêmes victimes et rien à voir avec l'Islam. Les associations musulmanes l'avaient bien dit, l'imam aussi, ainsi que les Autochtones de la République... Le racisme d'État, oui, cela était une réalité. Il aurait fallu être fou pour le nier et Rachida n'était pas folle.

La veille, en classe, la professeur de français avait demandé une minute de silence. Rachida s'y était refusée mais personne n'avait critiqué son attitude. À chacun son chagrin et ses pensées. Une blonde nommée Virginie, pour laquelle elle n'éprouvait aucune sympathie, lui avait timidement serré le bras en susurrant qu'elle la comprenait.

La professeur n'avait pas critiqué le choix de Rachida au nom du droit à la différence – à l'indifférence – avait compris Rachida. Seules deux pétasses, dont les parents votaient FN, lui avaient tiré une gueule pas possible toute la journée.

« Rien à foutre de ces petites bourges merdeuses, avait pensé la jeune fille ».

Elle émergea de ses pensées et entra dans le Mac Do le plus proche. Elle ne se rappelait plus si la viande y était certifiée halal ; son frère lui avait dit qu'il y avait toute une série d'enseignes où tout le monde mangeait halal sans le savoir. Il lui avait fourni les adresses pour le cas où... Cela faisait partie de la guerre culturelle et il était bon de se réfugier dans la culture ancestrale, car là était le Salut. avait-il ajouté

Tout en mangeant son hamburger, elle repensait à son père Ali, à sa mère Hamza, à son frère Farid et à son autre sœur, la petite Jamila. Elle se demandait ce que les différences de comportement au sein de la famille signifiaient. Sa mère, effacée et presque tout la journée derrière ses fourneaux, farouchement attachée au maintien des traditions arabes en manière de nourriture en particulier. Jusqu'à l'âge de six ans, Rachida n'avait jamais mangé autre chose que des plats issus de la terre de ses ancêtres. Ce n'est qu'à la cantine qu'elle avait goûté une nourriture de souchiens. Pas mauvais d'ailleurs mais différent.

Son père avait davantage cherché l'intégration à défaut d'une assimilation non souhaitable. Il ne fréquentait que de temps en temps la mosquée et ne se cachait pas pour s'en jeter un au bistrot avec quelques autres. Depuis que Farid avait eu l'âge de raison, il avait considéré son géniteur avec gêne, puis avec réprobation. La mosquée, pour Farid, c'était important et même très important. L'imam lui avait ouvert les yeux, retraçant la liste des griefs que la Cause avait accumulés contre l'Occident et les Feujs. Les indigènes et le CCIF distillaient sur le territoire des conseils hérités de l'anticolonialisme et poussaient à la radicalisation d'une identité musulmane. Farid regardait leurs vidéos, lisait leurs publications et, de jour en jour, s'imprégnait d'un profond sentiment victimaire. Un jour, il faudrait régler les comptes, pensait-il de plus en plus souvent...

Si Farid avait renoncé à influencer son père, il ne désespérait pas de Rachida et de Jamila. Même si l'aînée ne portait pas le foulard, il était certain que la lente maturation des idées tirées du Livre et le travail de sape finiraient par porter leurs fruits. Quant à la plus jeune, ce serait encore plus facile...

Rachida sortit du MacDo et songea qu'il était temps de rentrer ; la relative mansuétude de son père, héritée de ses tentatives d'intégration, n'allait pas jusqu'à autoriser des retours à des heures indues. Son frère était bien plus dur et se permettait depuis quelques mois de surveiller son comportement. Au début, elle en avait pris ombrage, mais petit à petit, elle commença à penser que le soin qu'il prenait d'elle ne dépassait pas les limites acceptables et pouvait s'apparenter à un légitime désir de protection. Après tout, il avait trois ans de plus et connaissait davantage la vie qu'elle-meme.

Dans le RER, elle ferma les yeux et repensa à une information qu'elle avait lue quelques jours auparavant : Le Mossad aurait entraîné les frères Kouachi en 2012. Dans l'article, il était dit que les deux Kouachi avaient voyagé aux États-Unis en 2013 après avoir reçu des billets d'avion dont le financement restait incertain. L'article continuait en prétendant que les deux frères avaient été convertis au Judaïsme dès 2008 lors d'un passage en prison. Leur fiche initiale de radicaux musulmans avait été modifiée en fiche de juifs sous couverture islamique, le but de la manœuvre étant de diminuer la vigilance des Services Français avertis de l'imminence d'un attentat et qui, grâce à ce subterfuge, éliminèrent les deux frères de leur liste des potentiels dangereux.

Rachida pensa que l'information était curieuse car, si deux frères en réalité sionistes punissaient des mécréants ayant insulté le Prophète, après tout, c'était bien. Mais si c'était le Mossad qui était derrière, alors, c'était mal... Quel était le but ? Et les français, quel était leur rôle ? Complices inconscients ou plus que ça ? Encore une fois, le but était de déconsidérer l'Islam et ça, c'était mal.

Lorsqu'elle descendit du RER, elle leva les yeux vers les tours de la cité qui lui apparurent soudain comme de malfaisants gardiens, des piliers bétonnés d'un ordre obsolète. Les petits rectangles jaunâtres des fenêtres lui semblèrent ridicules. On attendait d'un gardien qui surveillait l'horizon menaçant qu'il resplendît et fît montre de sa force, et ces tours, auraient du être des gardiens. Elle grimpa les marches jusqu'à l'appartement. L'ascenseur était en panne comme d'habitude.

- Rachida, cria sa mère, tu as vu l'heure ?

- Maman, arrête... Je n'ai plus dix ans.

Farid qui était affalé devant la télévision, tourna la tête et rétorqua :

- Notre mère a raison. Les filles doivent être rentrées avant sept heures. Le Monde n'attend qu'une chose, les pervertir par la publicité, leur fait oublier leurs devoirs. Tu étais encore avec ta copine, la Gauloise.

- N'importe quoi, Farid et lâche-moi...

- Où t'étais alors ?

Rachida hésita. Le fait d'être allée devant les bougies et les petites fleurs du lieu de l'attentat pouvait-il être interprété négativement ? Tout en réfléchissant, elle réalisa que son père n'avait pas ouvert la bouche. Il était assis sur une chaise, les yeux dans le vague. Elle décida de biaiser :

- Je voulais me rendre compte de l'effet de l'attentat de Paris sur les gaulois. J'y suis passée en sortant du bahut... Pas d'apitoiement, pas de compassion et pas d'assimilation ou même d'intégration. T'es content ?

- Et ça t'a fait de l'effet ? ricana Farid.

Elle évita de répondre. Après tout, s'il avait décidé d'être lourd, cela pouvait durer un max de temps. Son frère était quelqu'un pour qui le temps ne comptait pas. Il lui avait dit une fois qu'ils avaient le temps, sans préciser qui étaient les « ils »... Rachida fonça dans sa chambre, minuscule piécette de dix m² où s'entassaient le petit bureau, où elle tentait de faire ses devoirs, le lit et deux chaises.

Au mur quelques posters, des conneries superficielles, accrochées là depuis qu'elle avait treize ans. Il faudrait penser à les enlever.

Elle s'installa devant son bureau puis fouilla dans ses affaires. Autant terminer le petit travail que le professeur de français avait demandé.

Lorsque sa mère appela, elle avait presque fini. Elle rangea tout en vrac puis se dirigea vers la salle à manger exiguë. Son père et Farid étaient déjà à table, attendant d'être servis.

Elle s'assit les yeux baissés, puis la mère apporta la soupière où flottaient la viande et les légumes, le couscous venait à part dans un plat creux. La mère servit chacun, puis prit les dernières parts et chacun retomba dans son mutisme. Soudain, Farida se demanda où son frère avait passé sa journée. Sûrement à glander comme souvent...

- Farid, tu voulais savoir ce que j'ai fait. Et toi ? Qu'est-ce que tu as branlé aujourd'hui ?

Les mots étaient sortis d'un coup. Elle s'étonna de sa propre audace.

- Ce n'est pas le rôle des femmes de savoir certaines choses. Mais je vais te répondre. Je suis allé voir l'imam et j'ai prié. J'ai prié pour la Cause et pour nous...

Rachida coula un œil vers son père, mais celui-ci semblait absent, perdu dans des pensées indéchiffrables, avec, ce qui gêna la jeune fille, un léger filet de bave qui coulait des commissures des lèvres. La mère mangeait avec application, pensant probablement que chaque bouchée possédait une signification transcendantale particulière.

- Tu as prié et qu'est-ce qui se passe quand tu pries ? Ça arrange les choses ?

- Je vais te faire rencontrer l'imam. Il saura te parler. Viens demain avec moi.

Rachida n'avait pas particulièrement envie de rencontrer le saint homme mais sa curiosité et les questions qui l'avaient assaillie dans le RER méritaient une réponse. Elle pourrait sûrement lui glisser un mot au sujet des frères Kouachi... Elle voulait savoir.

Lorsqu'elle fut seule dans son lit, elle repensa aux événements de la journée. Elle avait du mal à analyser ses réactions rationnellement. Ce qu'elle croyait, d'où le tenait-elle ? Pas du Coran, car elle connaissait mal le Livre. De Farid ? Peu crédible car elle n'avait pas de conversations approfondies avec lui. C'était peut-être après tout un mélange de choses, vues et entendues, puis rassemblées de manière inconsciente. Elle finit par s'endormir, mais tard après minuit.

Le lendemain matin, un samedi, jour de congés au pays des souchiens, Farid et Rachida sortirent de la cité et se dirigèrent vers la mosquée. Rachida portait un foulard car l'intransigeant Farid l'avait exigé. On n'allait pas voir un saint homme sans dissimuler un minimum ses cheveux. Mais elle avait eu soin de choisir un tissu léger et peu rigoriste. Elle refusait de mettre l'horrible hidjab, encore plus l'espèce de coiffe, dont elle ignorait le nom, qui commençait à apparaître et faisait ressembler celles qui le portaient à des personnages de « Dune » ou « Star Wars ». Farid n'avait pas émis de commentaires sur le choix de sa sœur. Il n'avait d'ailleurs pas intérêt, pensa-t-elle.

Tout en marchant, Farid décrocha son portable et entama une discussion en arabe. Rachida comprit que ce n'était pas l'imam mais quelqu'un dont elle ne connaissait pas l'existence, un certain Noureddine. Lorsqu'ils arrivèrent aux abords de la mosquée, ils virent l'imam debout sur une caisse en bois, un Coran à la main, haranguant un petit groupe de fidèles en arabe. Il avait délaissé le bâtiment où s'exerçait son ministère et exhortait son public à suivre l'exemple du Prophète. Deux policiers municipaux se tenaient à l'écart, les bras croisés, sans rien faire. Il y avait peu de chance que ces hommes, visiblement souchiens, entendissent la teneur des propos.

Rachida comprit que l'imam évoquait les attentats, en se tenant dans un milieu équivoque, où la posture victimaire occupait la première place. Rachida apprit ainsi que les chiites étaient des chiens. Elle comprit aussi que les israéliens, menacés par l'Iran, pouvaient ne pas être systématiquement des ennemis, du moins pas des ennemis prioritaires.

Elle se sentit allégée du poids qui l'oppressait depuis des semaines. Les paroles de l'imam libéraient en elle des zones inconnues, des potentialités non identifiées. Le puzzle se mettait progressivement en place. Des contradictions insolubles jusqu'à une heure auparavant se fragilisaient, s'érodaient et un nouveau paysage apparaissait. Était-il donc possible que l'action des Kouachi, si leur judéité était confirmée, eût une justification acceptable ?

Les gaulois avaient pris trop de gants avec les chiites, pensa la jeune fille... C'était indéniable. A chaque fois, ils voulaient fricoter avec les ayatollahs pour des objectifs commerciaux liés au nucléaire. Ils enfreignaient ainsi les limites posées par les américains. Rachida considérait tout à coup ceux-ci et leurs alliés juifs d'un œil nouveau. Après tout, ils soutenaient depuis longtemps l'Arabie, berceau de la Vraie Religion. Ils ne pouvaient donc être contre le Salafisme dans le fond de leur cœur, même si les déclarations officielles, à base de rodomontades, laissaient une impression différente à ceux dont l'apparence des choses constitue l'optimum de la réflexion.

Le prêche terminé, Rachida et son frère allèrent acheter un peu d'huile pour leur mère. Pendant que la jeune fille payait, Farid lui demanda, d'une voix imperceptible pour tous les clients, sauf pour elle, ce qu'elle avait pensé et compris. Rachida lui fit signe que ce n'était pas le moment de parler, mais, dès qu'ils furent dans la rue, elle prit son frère par le bras et lui avoua que l'obscurité qui l'avait jusqu'alors empêchée de comprendre, semblait se dissiper. L'imam avait évoqué les nouveaux accords entre la Terre du Prophète et les américains. Rachid eut un sourire bizarre mais ne répondit rien. Ils rentrèrent le cœur plus léger vers l'appartement familial.

Le lundi soir, après que Rachida se fut retirée dans sa chambre pour finir ses devoirs, Farid frappa discrètement à la porte. Elle lui ouvrit, mi-énervée, mi-curieuse. Ce n'était pas sa manière habituelle. Il devait avoir quelque chose d'important à lui communiquer.

- Sœur, je t'ai apporté un livre. Il vient de la librairie *Maktaba Tawhid*. Lis-le, il t'apprendra beaucoup. Rachida regarda distraitement le livre que tenait Farid et qui s'intitulait « Droits et devoirs des homme et des femmes en Islam ». Elle promit de le lire et referma la porte.

Une semaine plus tard, Rachida avait reçu et rangé une dizaine de livres apportés par son frère. Elle avait eu le temps d'en parcourir deux qui rendaient encore plus intelligibles les paroles de l'imam. Elle résolut avec son frère de consulter celui-ci dès qu'une difficulté ou un doute l'effleureraient. Farid ne put cacher sa joie de conduire sa sœur tous les vendredis soirs à la mosquée. Elle commença à regarder sur Youtube des vidéo choisies par Farid.

Deux mois plus tard, Rachida portait le Jilbab saoudien et partait ainsi en cours. Sa mère lui avait fait remarquer que cela ne pourrait lui attirer que des ennuis de la part des français. Quant au père, il s'était comporté, comme d'habitude, comme celui qui ne veut pas voir. Rachida avait haussé les épaules car personne n'avait rien dit, ni ses condisciples, ni ses professeurs. Quelques garçons s'étaient simplement marrés, mais sans plus. De tout façon, Rachida savait qu'ils ne s'intéressaient pas à la politique, mais seulement aux imbécilités qu'ils pouvaient échanger sur les réseaux sociaux et aux vidéos pornographiques. Grand bien leur fasse. Dans la rue, personne ne disait rien, ni les keufs, ni les gens qu'elle croisait.

Farid avait approuvé : elle l'avait bien vu à ses regards et à ses sourires à peine esquissés, lorsqu'il la croisait. Il faisait aussi preuve de retenue, ne la reprenant plus, comme c'était auparavant son habitude et Rachida en avait éprouvé du soulagement. À porter ses nouveaux vêtements, elle avait eu peur de ressentir une oppression. Après tout, on répétait tellement partout que cet habit constituait une prison imposée à la femme qu'elle en avait conçu de l'appréhension. Mais, c'était tout simplement faux. Depuis qu'elle portait ce Jilbab, le corps se soustrayait au monde mais l'âme s'était libérée, les contradictions avaient disparu et les sentiments sur l'identité qu'elle éprouvait au début, n'avaient fait que se renforcer.

Elle allait désormais consulter l'imam, même sans Farid et l'imam l'appelait sœur.

Un jour, elle le vit, assis à une table, derrière la fenêtre d'un bar aux vitres sales. Il était entouré d'autres hommes en *kamis* et il lui fit signe de les rejoindre dès qu'il l'eut reconnue. Il était extrêmement peu habituel qu'on invitât une jeune femme à entrer dans un café exclusivement masculin. D'ordinaire, les femelles téméraires qui osaient franchir la pas se voyaient insulter. Elle entra... La salle, petite et malcommode, n'offrait que cinq tables de bois. Un comptoir en zinc derrière lequel somnolait le pacha propriétaire des lieux. Les sièges de bois, également, dataient de l'époque où les *chibanis* étaient venus s'installer. Trois hommes entouraient l'imam et tous portaient la barbe fournie, ainsi que la *kamis* immaculée et le *kufi*. Des verres de thé fumaient devant eux. Rachida sentit l'odeur de la menthe et une autre indéfinissable, peut-être de l'encens ou quelque chose d'approchant. Mais, il y en avait une qu'elle perçut sans ambiguïté, celle du kif. Deux jeunes dans le fond ne se cachaient pas et fumaient. L'imam lui fit signe de s'approcher et, honneur suprême de s'asseoir à leur table.

Le soir, Farid comprit en s'installant à la table familiale qu'une profonde transformation s'était opérée chez sa sœur. Elle gardait les yeux baissés et mangeait en silence. La mère soupirait en secouant de temps en temps la tête. Le père, le nez dans son assiette, semblait absent. Seul Farid observait ce spectacle d'un œil acéré, attentif à tous les détails. La psychologie de la famille s'étalait devant lui aussi claire que si elle avait été décrite dans un livre.

Lorsqu'ils quittèrent le table, Rachida se rapprocha de Farid, lui toucha le bras et murmura :

- Je suis prête.

Farid comprit et porta la main à son cœur. Sur ses lèvres, un esprit perspicace aurait pu discerner : *Allah est grand.*

- Nous ferons la cérémonie demain soir. Sois prête. Je te donnerai les détails.

Deux jours plus tard, un nouvel attentat ensanglantait la capitale, faisant une vingtaine de morts, dans un wagon de métro bondé aux heures de pointe. Une jeune femme kamikaze, vêtue d'une mini jupe et fortement maquillée, s'était fait exploser au milieu de la foule. Du moins, c'est ainsi que les enquêteurs aidés par les survivants, reconstituèrent la scène.

L'État Islamique revendiqua l'attentat en prétendant se venger des croisés qui meurtrissaient le berceau de l'*Oumma*. En réalité, il voulait punir le pays qui venait de signer un contrat d'armement avec l'Iran, mais cette motivation échappa au grand public.

Récit 9 : Transland

Kevin se leva pesamment et chaussa ses pantoufles. Les deux pieds au sol, il resta un moment à se passer la main dans les rares cheveux qui garnissaient encore le sommet de son crâne, puis il passa dans la cuisine pour faire chauffer ce qui remplaçait le café, à savoir un mélange de cabosses de cacaoyer et de drupes de caféier moulues. Le véritable café et le véritable chocolat étaient devenus beaucoup trop chers...

Alors que l'eau commençait à bouillir, il repensa aux années écoulées depuis sa jeunesse, depuis trop longtemps déjà. On n'avait probablement jamais assisté à de tels changements dans l'Histoire de l'Humanité que lors des quarante dernières années. Les relations internationales avaient été modifiées de fond en comble depuis le début du XXIème siècle. L'Union Européenne n'existait plus que comme satrapie de USACAN, la nouvelle entité qui regroupait la majeure partie des États-Unis et du Canada depuis 2041, l'explosion des dettes ayant conduit ces deux pays à mutualiser leurs services. La satrapie européenne, pour sa part, était maintenue en laisse par Germania, le nouveau nom de l'Allemagne. Germania exerçait son hégémonie après avoir fortement réarmé avec la bénédiction de USACAN.

Un bruit soudain qui résonna au dehors lui fit tourner la tête. Derrière la vitre, il vit un ciel rosacé, strié de taches plus sombres dues à la pollution. Le pâle soleil, qui pointait vers le sud, tentait de se frayer un chemin entre les traînées malsaines des nuages. Un hybride avion-hélicoptère à hélices passa lentement en faisant sonner les vitres. Ces hybrides avaient été considérés comme un pis-aller. Ils n'allaient pas très vite mais consommaient beaucoup moins de carburant que les jets de naguère. Économiser le pétrole était devenu une priorité pour toutes les zones de la planète et les forces militaires étaient chargées par une Agence Mondiale de l'Énergie, de la surveillance, du stockage et de la répartition des carburants selon des procédures complexes.

On avait bien un moment envisagé de faire voler des avions électriques mais ce rêve s'était fracassé devant le principe de réalité et les nombreux accidents qui avaient entaché les premiers vols commerciaux. Seuls, les véhicules, avec une assise au sol, utilisaient des propulsions électriques et le nombre des moyens individuels de locomotion avait été très fortement réduit, faute de sources d'approvionnement. Les dérivés du pétrole étaient réservés en priorité aux secteurs pour lesquels aucune solution n'avait été trouvée et une agence internationale distribuait de sévères amendes aux mauvais élèves.

Que cette Union Européenne ait été la création des États-Unis depuis le début pour fragiliser un continent scientifiquement et technologiquement avancé et le rendre impuissant avait finalement sauté aux yeux des plus enragés négationnistes vers le milieu de la troisième décennie du siècle. Les quelques hommes qui, vers l'an 2000, avaient tiré la sonnette d'alarme sur cette sujétion ne pouvaient plus savourer leur revanche car ils étaient décédés. Et il était de tout façon trop tard pour que leurs éventuels successeurs pavoisassent, les tenants du système continuant, par une manipulation performante et scientifique, à contrôler l'information.

Germania était le seul pays, avec le Portugal, qui restait à peu près intact après l'explosion de l'Union Européenne en régions et provinces de retour au stade féodal après plusieurs siècles de libération républicaine. Elle avait néanmoins perdu la Bavière, unie désormais à l'Autriche en une seule entité. On avait fini, dans certains milieux, par analyser son rôle dans l'Union en l'accusant de mener une guerre commerciale afin d'asseoir sa domination au Centre et à l'Ouest du Continent, comme cela avait toujours été son but au cours des siècles. La Grande Bretagne, qui comprenait mieux la géopolitique que quiconque, en avait tiré les leçons et s'était retirée de l'Union en 2018.

L'Allemagne, pour sa part, ne s'était jamais résignée à la disparition du Saint Empire Romain Germanique fondé par Othon Ier et ses éternelles oppositions avec la France avaient toujours reposé sur ce constat. Après avoir perdu deux guerres mondiales au cours du XXème siècle, elle avait choisi, dans le cadre de la monnaie unique, d'abandonner les aventures militaires pour se consacrer à la confrontation commerciale, plus dissimulée et moins voyante.

La France, elle, n'existait plus : des décennies de trahison et d'abandon l'avaient réduite à un rôle de faire-valoir, amputé de plus du quart de son territoire. La Bretagne avait rejoint la coopération celte avec l'Irlande et la Galice. L'Alsace et la Lorraine s'étaient découvert un amour inattendu pour Germania. La Savoie, la Corse et Nice étaient partis pour les cieux plus cléments de PiéLomVie, l'ancienne Italie du Nord. La nouvelle nation Occitania regroupait tous les territoires au sud de la Garonne, depuis l'Atlantique jusqu'au Rhône.

L'Espagne ne valait guère mieux. Outre la Galice, elle avait perdu Valence et la Catalogne regroupée avec l'ex-Roussillon dans Nueva Cataluña, l'Estrémadure partie s'allier au Portugal, le Pays Basque désormais Nation Basque qui incluait aussi une partie des Pyrénées Atlantiques.

L'imbécillité des politiques européennes pendant trop d'années, la généralisation des pratiques de *Quantitative Easing* et de la planche à billets, le soutien aux revendications régionalistes et aux dialectes ou patois de toutes sortes avaient permis ces dérives, tout cela au nom du maintien de la Paix.

Ceux qui avaient tiré leur épingle du jeu, c'étaient les Russes, ils avaient formé une structure économique avec les anciens pays d'Europe Centrale restés intacts, en tirant bien entendu les leçons de l'échec européen. Leur économie était en bonne santé, ils avaient noué des partenariats très étroits avec l'Inde qui avait supplanté la Chine comme superpuissance asiatique.

Il y avait bien plus qu'une frontière géographique entre Germania et la Pologne. Le fleuve Oder, séparant l'Est et l'Ouest, y constituait une barrière culturelle d'une hauteur insoupçonnable quelques décennies plus tôt. En réalité, le Monde de l'Est, Russie et pays d'Europe Centrale, conservait des structures traditionnelles et abritait nombre de chrétiens et d'orthodoxes persécutés. La Russie avait accordé le droit d'asile à nombre de catholiques pourchassés pour leurs croyances en Europe occidentale. L'Asie, pour sa part, regroupait taoïstes, bouddhistes, shintoïstes et hindouistes et s'était juré de favoriser les religions sereines et pacifiques.

Le Monde de l'Ouest au contraire était parti dans tous les délires communautaires, progressistes et transhumanistes, menés depuis Transland, l'entité qui occupait l'ex-Californie, l'Orégon et la Colombie Britannique. Transland avait été fondé par les GAFAM après achat de ces territoires auprès des gouvernements américains et canadiens, ce qui avait permis à ces derniers de résorber une partie de leurs dettes. Transland n'était pas un état, c'était une zone physique ou se rejoignaient des acteurs économiques individualisés qui, pour la plupart, souhaitaient imprimer leur marque au Monde. C'était l'endroit où on prétendait inventer le futur. Les passeports et papiers d'identité n'y existaient pas. Transland fonctionnait comme une entreprise, dirigée par les cinq du Conseil d'Administration des GAFAM. Les sociétés et mafia qui voulaient être tranquilles s'y installaient, libres de toutes contingences. Il n'y avait presque pas besoin de réelle police, compte tenu de la généralisation des *micprosind*. Néanmoins, quelques milices privées étaient employées lorsque le besoin s'en faisait sentir.

Ce qui avait été l'Europe de l'Ouest était devenu une zone de troisième importance stratégique. La pauvreté et la violence y regnaient, endémiques. Elle était le siège permanent d'affrontements ethniques et religieux très violents. L'Afrique, l'Amérique centrale et du Sud végétaient, à l'écart des grands mouvements planétaires. L'Amérique centrale et l'Amérique du Sud continuaient d'ailleurs leur statut de colonie officieuse de USACAN.

La Chine, comme le Japon, avait un tiers de sa population âgée de plus de soixante-cinq ans. Dans ces deux pays, de mauvais choix démographiques avaient conduit à un effondrement de la population de 20 à 25 % depuis le début du XXIème siècle. On y travaillait jusqu'à sa mort à moins de bénéficier de la pitié d'un parent plus jeune, les systèmes de retraite ayant explosé.

Quelques pays avaient surnagé, inchangés ou presque, anachronismes vivants, tels la Suisse, Singapour, la Corée réunifiée, Israël, l'Islande ou l'Angleterre.

« Curieux, pourquoi eux ? », pensa Kevin. « Pourquoi eux et pas d'autres ? ». Parce qu'il avaient plus d'envie, plus d'identité ou plus de passion démocratique ? Pas la peine d'avoir été chirurgien réputé, passionné par l'Histoire, comme il l'avait été, et ne pouvoir répondre à cette question. Car il avait été un spécialiste reconnu à son époque.

Une sonnerie qui tinte comme à l'ancienne, comme quand il était adolescent dans les années 80... Puis une seconde, impatiente. Kevin se rapprocha de la porte à pas lents, toujours soucieux de ménager ses articulations. Après tout, quand elles seraient complètement usées et que ses os frotteraient l'un contre l'autre, qui lui viendrait en aide ? Il regarda son I-Phone, mais avec ce modèle très ancien, il n'y avait pas moyen de savoir qui venait troubler sa solitude. Il aimait bien son I-Phone avec son écran rayé. Comme lui, l'appareil semblait avoir du mal à supporter le poids des ans. Il repensait aux temps anciens, lorsqu'il disposait de revenus confortables. La très grande partie de ses avoirs s'était évaporée au cours des deux grosses crises financières qui avaient ravagé la planète. Aujourd'hui, il ne lui restait plus que ce presque taudis, qui accusait le poids des ans.

Kevin pensa que la vieillesse est un naufrage comme l'avait dit un politicien connu du siècle précédent, mais du Diable s'il arrivait à mettre un nom dessus. Néanmoins, il n'abandonnerait ni ses idées, ni ses souvenirs d'un autre temps. Il savait que cela ne servirait à rien mais n'en avait cure.

En ouvrant la porte, il aperçut son petit fils, Aspen. Aspen comme la ville du Colorado qui avait été balayée par une monstrueuse avalanche en 2035. Le nom de la ville martyre avait été donné à un grand nombre d'enfants nés cette année là. Pas la peine de chercher à comprendre ; c'était comme ça maintenant dans le Royaume de la fausse compassion.

Son petit-fils avait habituellement l'air satisfait et un peu supérieur de celui qui vient visiter par obligation un grand-parent décalé. Il tenait des discours généralement positifs, satisfait de la situation du monde, mais, ce jour, il paraissait soucieux...

Kevin fit signe à l'arrivant d'entrer. Celui-ci, vingt-cinq ans de type androgyne, les cheveux mi-longs et une ombre de barbiche au menton, pénétra d'un pas mal assuré dans l'appartement.

- Alors Pépé, comment ça va?

La voix était voilée curieusement. Kevin le remarqua car cela n'était pas naturel.

Aspen adorait son grand-père mais détestait l'appeler pépé. Cela ne correspondait à aucun de ses codes, cependant Kevin avait insisté : cela lui rappelait le bon vieux temps, le temps où il appelait aussi son propre grand-père, pépé. Après tout, si cela pouvait faire plaisir au vieux...

- Ça pourrait aller mieux. Putain d'époque. Il ne me reste que quatre-vingt quatre *Unicred* pour finir le mois.

L'*Unicred* était la monnaie virtuelle de USACAN, de Transland, des Amériques Centrale et du Sud, ainsi que de la zone dirigée par Germania.

- T'inquiète pas, j'assure le ravitaillement jusque là, répondit Aspen.

- Putain d'époque.

- Cela ne sert à rien de te lamenter. Tu l'as fait toute ta vie, comme me le disait mon père et qu'est-ce que ça a changé ? Rien, rien de rien... Et cela a toujours été comme ça. Point barre.

« Marrant », pensa le vieux « Point barre, c'est daté. Déjà on l'utilisait à mon époque ».

- Je me souviens de mes vingt ans, si tu veux savoir. Ce n'était pas tous les jours la joie mais, quand je compare avec maintenant, il n'y a pas photo comme on disait.

Photo, expression incompréhensible pour Aspen, mais cela faisait partie de leur jeu.

- Tu as de la chance de ne pas avoir le *micprosind* implanté dans sa satanée caboche, sinon tu ne pourrais pas dire cela... Aux dernières nouvelles, vous devez être moins de 3%, les derniers fossiles en sorte.

- M'étonne que tu saches ce qu'est un fossile...

- Oui, pépé, je l'ai vu quelque part ou alors, mon *micprosind* m'en a expédié directement une image dans le cervelet. Dis-moi, tu t'intéressais à l'Histoire et à la Géographie. Qu'est-ce que c'était exactement ?

« Il repose la même question presque à chaque fois, mais pourquoi oublie-t-il ? », pensa Kevin.

- C'est vrai qu'on a cessé de les enseigner vers 2032-2033 environ, comme la chirurgie, suite à l'arrivée des robots. C'est pour cela qu'on m'a mis en inactivité forcée. J'avais cinquante deux ans, beaucoup trop jeune pour ce qu'on appelait la retraite qui se prenait à soixante-dix ans. J'ai bénéficié du revenu universel, insuffisant pour vivre... Pour en revenir à l'enseignement de l'Histoire, il donnait aux étudiants une idée de leurs racines, d'où ils venaient en somme... Mais c'est difficile à expliquer si on n'a pas baigné dedans.

- Très vrai. Tu as déjà tenté de me raconter mais je ne pige pas.

- Le passé éclaire le présent et prépare le futur, du moins, c'est ce qu'on pensait à mon époque. Dans Transland, on n'a pas besoin de savoir ça... Tiens, tu l'ignores bien sûr, mais la deuxième guerre mondiale est ce qui explique la plupart de ce que nous observons aujourd'hui. Pourquoi a-t-elle eu lieu à ton avis ? D'abord, tu en as entendu parler ?

- Oui, un peu... c'était pour tuer des mecs, je crois, ça s'appelait des juifs.
- Faux... La guerre a éclaté parce que des dirigeants en Occident voulaient faire barrage aux communistes d'URSS. Ensuite, les nazis ont voulu tuer tous les juifs comme tu dis... Avec l'aide des islamistes, par haine des juifs. Le Grand Mufti de Jérusalem, allié de Hitler... Mais pourquoi je te raconte tout ça ?
- Peut-être parce que cela te fait du bien. De toute façon, pour moi, c'est de l'hindi. Pépé, tu sais quand même qu'on reçoit les informations directement avec le *microprosind* ? Et tout ça, le *microprosind*, il s'en fout à mon avis.

Kevin savait que le *micprosind*, pour Micro Processeur Individuel, servait à plein de choses. On recevait des *Unicred* et on les dépensait simplement par passage devant des bornes ou alors avec les drones qui livraient les cochonneries alimentaires des moins fortunés.

Lorsque la quantité allouée était dépassée, on entendait dans son crâne une petite sonnerie caractéristique, signe qu'il fallait réapprovisionner si on en avait le droit. On pouvait aussi entrer en contact avec quiconque à condition de se connecter mentalement à un serveur via un code que l'on mémorisait pour sa vie. Le serveur établissait la connexion avec le réceptionnaire. Bien entendu, avec ce système, l'intimité n'existait plus ; un des fondateurs des GAFAM et promoteur de l'achat des territoires qui constituerait Transland l'avait annoncé sans détour : « Si vous n'avez rien à cacher, que vous importe l'intimité ? L'intimité est un concept bourgeois ou de delinquants. Dans une société ouverte, elle n'a pas sa place ». Quand Kevin avait pris connaissance de cette déclaration, il avait pensé qu'elle n'aurait pas été déplacée dans la bouche d'un Marxiste-Léniniste anti-libéral convaincu. Comme quoi, au-delà des apparences, les extrêmes se ressemblent. Enfin, le *microprosind* recevait des tas d'informations jugées utiles par les expéditeurs.

- Aspen, je ne t'ai pas demandé si tu veux partager mon ersatz de café et un bout de tablette nutritive qui me reste.

- Ton quoi ?

- Ersatz... C'est un mot allemand utilisé surtout pendant la deuxième guerre mondiale... Oh, et puis zut. C'est de l'hindi ce que je te dis.

- OK. Amène ton truc. Je comprends que c'est ce que tu chauffes et que ça se boit.

- Tout juste.

Les deux hommes s'assirent et entamèrent la boisson assez insipide. Au moins, elle était chaude. Ce qui les réconfortait car le froid commençait à exercer ses effets dans le monde extérieur.

Kevin décida de parfaire quand même un peu l'éducation de son petit-fils, même s'il ne se faisait que peu d'illusions sur le résultat.

- Je disais que la seconde guerre mondiale a influencé d'une manière incroyable ce que nous vivons. L'Allemagne a été tellement traumatisée par ce qu'elle a fait qu'elle s'est lancée ensuite dans des actions de mortification internationale et de repentance qui l'ont amenée à être détruite en tant que Nation. La première grande alerte fut la grande crise financière de 2019-2022 qui a balayé l'Union Européenne... 1929, à côté, une rigolade.

Kevin était lancé. Il savait que Aspen était largué. A peine savait-il ce qu'étaient les juifs et il lui parlait du Wall Street de 1929. Mais peu importait, il sentait qu'il lui fallait continuer, par catharsis personnelle... Qui sait ? Lorsqu'il parlait, les choses se déroulaient, au rythme choisi.

- Ensuite, les choses ont changé. Les États-Unis sont venus aider l'Union, comme à la fin de la guerre, pour la reconstruire, comme ils disaient. Mais la planche à billets est repartie comme une folie furieuse et deuxième crise en 2038-2041. C'est là que la Chine a explosé sous le poids de la spéculation immobilière. Le Canada et les États-Unis se sont réunis et ont vendu une partie de leurs territoires aux GAFAM. Ils ont ensuite décidé que ça suffisait avec ce qu'on avait appelé l'Europe et qu'il fallait y mettre un peu d'ordre, d'où le nouveau nom de l'Allemagne et le mandat qui fut donné à Germania. De toute façon, c'était le seul État qui avait le droit de posséder une armée. Et les flingues étaient devenus monnaie courante, à la suite des affrontements religieux qui l'ont ensanglanté à partir de 2020, environ.

- OK, Pépé, très intéressant. Je te fais parler pour déconcerter les systèmes de détection. Continuons...

Kevin, au cours d'une discussion précédente avec Aspen qui paraissait bien au courant de ce genre de choses, avait appris que le système de violation de l'intimité par le *micprosind* n'était pas instantané. Des informations *off* circulaient ici et là, on parlait de trois à quatre minutes de tranquillité avant que les robots automatiques de surveillance n'entrent en action. Insuffisant pour comploter mais suffisant pour pleurer le temps enfui. Bien entendu, les autorités avaient bien essayé de réduire cette durée, mais les efforts avaient officieusement échoué. Elles avaient continué à faire croire le contraire pour décourager toute tentative subversive, mais Aspen savait, par un ami bien introduit dans l'étude de ces systèmes, que la réalité était autre.

Néanmoins, l'efficacité était largement suffisante pour que les crimes soient devenus très rares. Les apprentis criminels savaient que leurs pensées seraient décryptées et qu'ils seraient neutralisés avait de pouvoir passer à l'action. Les seuls actes de délinquance concernaient donc des actions ponctuelles, fruit de l'occasion, sans préméditation, au gré de l'opportunité.

- Comme tu veux Aspen, je pourrais parler des heures.
- Justement... Parlons de mon papier.

Quelques jours auparavant, Kevin avait trouvé devant sa porte un papier, signé Aspen, portant une requête très étrange. Aspen souhaitait que son grand-père équipe une toile de tente d'un fin treillis de fils de cuivre. Il savait que son grand-père disposait de ce genre d'antiquités dans le fatras qu'il s'était toujours refusé à jeter et ajoutait qu'il viendrait personnellement pour voir le résultat en profitant de l'occasion pour justifier cette demande. Il terminait le laconique papier en expliquant qu'il ne pouvait pas écrire davantage.

- C'est fait, Aspen.

Kevin se leva et passa dans la pièce voisine d'où il rapporta une tente pliée. Aspen ferma les yeux. Peut-être souhaitait-il éviter les interférences avec le *microprosind,* interférences qui n'auraient pas manqué d'alerter les surveillants sur la nature de la discussion.

Sur la surface de la toile courait un réseau tenu de filaments dorés. Kevin monta la tente qui n'était rien d'autre qu'une structure qui se mettait en place automatiquement dès qu'on la secouait. Kevin ouvrit la fermeture et se tourna vers Aspen :

- Et maintenant ?

- Entrons dedans, je t'explique.

Kevin et son petit fils entrèrent sous la tente, fermèrent la glissière et s'installèrent aussi confortablement que possible.

- Pépé, la tente et le treillis métallique, c'est pour créer un barrage électromagnétique et éviter que nous soyons détectés par les robots de surveillance. Je ne sais pas si tu seras d'accord mais j'aimerais que tu me racontes comment c'était avant... Je voudrais savoir la vérité... Certains disent qu'on nous ment et, comme je t'ai toujours aimé, j'aimerais que tu m'expliques avec tes mots... Je sais que je ne comprends pas tout, les concepts ou des choses comme ça, mais je peux essayer et tu m'aideras. Tu m'a toujours dit que vous étiez plus heureux. Mais comment peux-tu affirmer cela ? Le *micprosind* nous a informé, nous les jeunes, depuis notre enfance des horreurs du siècle dernier, les massacres et l'incapacité des foules à décrypter les mensonges des dirigeants. Les GAFAM disent que, maintenant, l'âge de raison est arrivé et que cela ne se reproduira plus. Que nous sommes dans la paix perpétuelle. Les enfants se font dans des boites thermostatées et échappent à l'influence de leurs géniteurs. Les biotechnologies ont permis de dissocier complètement sexe et reproduction.

Kevin ne put s'empêcher de sourire.

- Résultat, tu m'as raconté que dans l'Union, les gens n'arrêtaient pas de voter contre leur gré, pour des types avec des couleurs différentes, mais qui faisaient en fin de compte la même chose... Tout ça, parce que la Propagande marchait à plein. Avec le *microprosind*, on sait ce que pensent les dirigeants.

- Que tu crois !.. La propagande, elle est de toutes les époques. Tu t'en rends encore moins compte que nous parce que les informations attaquent directement ton cortex et que tu crois que c'est toi qui les génère... C'est pourtant simple.

- Ce n'est pas possible que ce que je pense volontairement soit implanté de l'extérieur, Je sais faire la différence... Crois-moi, le *microprosind* te donne des sensations bien caractéristiques quand quelqu'un essaye de te contacter, via les serveurs.

- Et les neurotransmetteurs que vous secrétez quand ce satané bazar l'a décidé ou quand un contrôleur pense que ton niveau de stress est trop fort, vu qu'il mesure en ligne ton niveau de cortisol... Ce ne sont pas des histoires, ils envoient des ondes qui provoquent la libération de sérotonine, de dopamine, d'adrénaline ou autre. Ne me dis pas que tu n'as jamais ressenti une poussée d'adrénaline sans aucune raison. Ça arrive à tout le monde, mon voisin m'en parlait encore hier.

- Pépé, tu disais que la propagande est de toutes les époques.

- Bien sûr, mais les moyens d'aujourd'hui, développés à l'extrême, font qu'elle est plus subtile et encore moins détectable qu'avant. Parfois, les élections provoquaient des surprises. Le cas de la Grande-Bretagne en 2016 en est un exemple.

- Explique-moi ce que sont les élections.

- Les gens choisissaient leurs dirigeants et pour cela, allaient dans un bureau de vote. Ils entraient dans un isoloir, c'est à dire une cabine où ils étaient seuls, pour mettre un bulletin dans une enveloppe qu'ils déposaient ensuite dans une sorte de boite. À la fin de la journée, on comptait les votes et celui qui en avait le plus était désigné. Il y avait d'autres systèmes à deux tours, celui par exemple où on votait pour de grands électeurs qui eux-mêmes votaient pour les candidats. Au premier tour, on gardait les deux premiers candidats, que l'on départageait au deuxième tour. Les électeurs qui avaient voté pour d'autres candidats devaient donc faire un choix, soit voter pour un des deux, soit s'abstenir, soit voter blanc ou nul. C'est pour cela qu'on disait qu'au premier tour, on choisissait et, au second tout, on éliminait. Est-ce que c'est clair ?

- Oui, je crois, mais quand les choses se passaient mal, c'est que les gens avaient mal choisi ? Par exemple, tu m'as dit qu'il y avait eu plein de crises avant Transland... Ça veut dire que les gens s'étaient trompés ?

- Ou qu'on les avait trompés, ou encore que les candidats pensaient la même chose mais avançaient des slogans différents, ce qui revient au même. Toutes les tactiques étaient bonnes pour induire les gens en erreur. Par exemple, en 2016, un type qui s'appelait Trump est arrivé au Pouvoir contre les media... Il était opposé à une femme, une certaine Clinton. Le plus drôle est que Trump a été élu par les blancs déclassés et la femme était la candidate des GAFAM... Tu suis toujours ?

- Je crois, oui...

- En réalité, Trump a voulu faire la guerre à la Corée du Nord, maintenant réunie à l'autre Corée, et menaçait sans arrêt l'Iran. Pour ce faire, il s'est allié à l'Arabie Saoudite. T'imagines ? Alors que ses électeurs croyaient qu'il allait avoir une politique différente. Mais, avec Clinton, cela aurait été pareil... Elle était copine avec les Saoudiens, contre l'Iran.

- J'ai un peu de mal à te suivre mais au moins, aujourd'hui, ces erreurs sont éliminées puisqu'on n'a plus d'élections.

- Est-ce que c'est mieux ? Au moins, on pouvait se dire : « Je suis trop con ».

- Je ne sais pas. Parle-moi de la vie d'avant.

- Il y avait des rivières où on pouvait pêcher... Mon grand-père m'emmenait dans les montagnes pêcher les truites sauvages. Une sorte de poisson... Tu vois ?

Tout en parlant, Kevin s'approcha d'une armoire d'où il retira une photo. On y voyait un homme en parka verdâtre, paré d'une casquette et équipé de bottes en caoutchouc qui tenait à bout de bras une truite énorme de soixante-dix centimètres et d'une dizaine de kilogrammes. À ses côtés, un jeune garçon posait fièrement.

- C'est mon grand-père et moi à côté... En fait, difficile à imaginer pour toi mais dis-toi que les poissons ressemblaient à ça. Et que beaucoup d'entre eux venaient de la mer.

- De la mer ?

- Oui. Les mers ont longtemps été un réservoir de nourriture pour les hommes. Cela laisse rêveur, pas vrai ?

- Je n'aurais jamais cru que les poissons étaient comme ça.

- On croyait qu'on augmenterait la durée de la vie et qu'on améliorerait les performance de l'homme. Les GAFAM ont fait leur publicité là-dessus. Crois-moi, c'est toujours au nom d'un Bien, sinon du Bien, que le Fascisme et le Totalitarisme naissent. Tu comprends ?

- Totalitarisme ou Fasc... comment dis-tu, je ne sais pas. Il me semble que les types là en Germania. c'étaient des totalitaires, d'après le *micprosind*.

- Oui, mais ceux qui se prétendent contre, comme les GAFAM et leurs admirateurs de l'époque, font la même chose d'une autre manière.

- Pépé, tu as souffert...

- De voir tout s'effondrer. Dès le début, il était évident que l'allongement de la vie ne serait pas pour tout le monde. L'augmentation des performances intellectuelles, non plus, seulement pour les pères de ceux qui constituent aujourd'hui le comité des cinq et leurs copains, car c'était trop cher. En 2020, l'espérance de vie était de soixante-quinze ans pour les hommes et quatre-vingt un ans pour les femmes dans la zone où nous sommes. Plus dans d'autres pays... C'est combien aujourd'hui ? Tu as une idée ?

- Non

- Soixante-dix ans pour les hommes et soixante-seize pour les femmes. Chiffres non trafiqués. Et on serinait en permanence que la médecine allongeait la durée de vie. Tout a été remis en question avec l'explosion des dettes. La nourriture, par rapport à mon époque, est une vraie saloperie et, crois-moi, ce n'était déjà pas terrible avec ce qu'on appelait les *Fast Food*. En trente ans dans les États-Unis de l'époque, des tas de maladies avaient explosé à cause de cela, comme le diabète, les cancers et les maladies cardio-vasculaires.

- Tu es sûr de ce que tu dis ?

- Plus que sûr.

- On pensait aller sur Mars vers 2025. Foutaises et poudre aux yeux. Ce qui est physique et matériel ne marche plus. Il n'y a plus d'infrastructures et on attend que les drones veuillent bien nous livrer leurs immondes cochonneries. Les hybrides d'aujourd'hui volent presque trois fois moins vite que les jets de mon époque.

- Les quoi ?

- Des avions sans hélice... Propulsés par réaction. Tu ne connais pas ? D'accord, ils consommaient cinq fois plus.

- Jamais entendu parler. Je pensais que les hybrides hélice étaient le summum de la technique

Kevin ne put s'empêcher de s'esclaffer, mais devant l'air perdu de son petit-fils, il s'arrêta brusquement.

- Excuse-moi.

- Ne t'excuse pas. Tu n'y es pour rien.

- On prétendait qu'on pourrait se passer de pétrole et qu'on aurait tous des avions et des voitures électriques en 2035. Tu as vu ce qui se passe ? Le pétrole géré par les militaires et distribué avec parcimonie car le pic pétrolier a été dépassé depuis longtemps. Quant au nombre de voitures sur la planète, il a été divisé par cinq depuis 2020. Des investissements monstrueux ont été engagés dans cette transition... Pour rien. Je vais te raconter un truc, une information qui s'était répandue au moment où j'ai pris ma retraite forcée. Les pères de ceux des GAFAM d'aujourd'hui, une vraie dynastie, entre nous, ont commencé à acheter des terres en Patagonie ou en Nouvelle-Zélande pour survivre.

Lorsqu'il fut devenu clair que le pic pétrolier était largement dépassé, des catastrophistes commencèrent à prophétiser l'effondrement général. On apprit aussi que les armées menaient des exercices secrets de simulation de migrations des populations pour continuer à contrôle le système. Les plus riches, bien informés en général, en tirèrent la conclusion que s'isoler dans des bunkers situés dans des zones lointaines, avec des ravitaillements sécurisés, pouvait avoir du sens.

Aspen paraissait perplexe. Kevin voulut savoir si il avait assimilé ce qu'il lui racontait.

- Tu comprends, Aspen ?

- Je crois, oui... Cela correspond à ce que quelques jeunes que je connais m'ont raconté. Ils sont tombés sur de vieux livres par hasard et aussi des... journaux ?

- On racontait qu'on allait vaincre les maladies et certains organismes passaient leur temps à culpabiliser la population qui ne voulait pas mettre la main à la poche pour un si noble but. Blabla... On n'a jamais vaincu ni l'Alzheimer, ni les cancers, ni les accidents cardiaques, et d'après ce que je vois, les taux sont encore plus élevés que dans ma jeunesse. En réalité, des techniques ont progressé, comme tout ce qui a trait au virtuel, au numérique et à l'Intelligence Artificielle... Faute d'avoir de l'Intelligence Naturelle, peut-être. Le reste, à l'abandon. Ne me parle pas des transports, de la bouffe... En fait, tout ce qui est physique et réel fonctionne beaucoup plus mal que de mon temps. Et puis, on ne peut pas sortir librement : nous vivons dans un camp de concentration, alors que le leitmotiv de leurs pères, c'était la jouissance sans entrave, dans des lieux festifs débarrassés du Nationalisme, du Racisme et de l'Homophobie.

- Pépé, mais c'est aussi ton temps, maintenant.

- Faux. Je le récuse.. Il y a des fois où je voudrais pouvoir m'endormir pour toujours au son d'une belle musique. Devant un beau paysage de montagne, mais il n'y en a presque plus. Sais-tu, Aspen, ce qu'était un beau paysage de montagne ? Avec la neige immaculée et les glaciers ? Non, tu ne peux pas savoir ce qu'est un glacier. Tu ne sais pas non plus ce que sont les trilles du rossignol lorsque s'apaise le jour ou les discussions avec les personnes qui nous donnent du bonheur ; un écrivain français d'il y a bien longtemps appelé Marcel Proust, avait dit qu'elles sont les charmants jardiniers par qui nos âmes sont fleuries.

Aspen se prit la tête entre les mains. Il ne comprenait plus rien. Kevin resta un moment à le regarder en silence en se demandant quelles pensées pouvaient traverser l'esprit de son petit-fils. Était-ce une impression mais ils lui semblait qu'une larme avait perlé au coin des paupières ? Avait-il assimilé tout ce qu'il lui avait raconté ? Peu probable, mais il serait déjà bien qu'il se souvienne, ne serait-ce que de la moitié.

La nuit se fit. Kevin et son petit-fils se trouvaient toujours sous la tente. Kevin proposa de réchauffer encore l'ersatz de café, ce que Aspen accepta.

Les deux hommes restèrent à discuter tout la nuit dans le silence, loin du contrôle électromagnétique du monde. Le grand-père expliquait et Aspen écoutait. Les bribes que celui-ci avait glanées ci et là, au hasard des rencontres, s'entrecroisaient, se joignaient et se complétaient, formant sens. Le puzzle prenait forme et, pour le petit-fils, tout devenait cohérent.

Au petit matin, Aspen reprit la parole :

- Tu vois, Pépé, lorsque je t'ai demandé de fabriquer ce treillis métallique, je ne savais pas vraiment pourquoi. Quelque chose m'y a poussé. Mais mes yeux viennent de s'ouvrir... Je comprends. Tu souffres beaucoup et je sais à cause de qui. Pépé, j'ai un service à te demander, un très gros service... Mais d'abord, tu as toujours ton vieux flingue ?, celui d'avant les puces à détection ?

- Bien sûr, tu crois que je me séparerais d'un vieux compagnon qui m'a bien servi pendant les crises dont je t'ai parlé tout à l'heure. On n'avait pas le cerveau contrôlé et on pouvait se défendre. C'était même dans la Constitution des États-Unis et moi, j'étais citoyen américain.

Aspen ne comprenait pas bien *Constitution* et *Citoyen*. Ces mots avaient disparu pratiquement avant sa naissance et, bien que son grand-père ait essayé une fois de lui en expliquer le sens, cela s'était avéré un effort infructueux.

- Pépé, tu l'as donc toujours

- Puisque je te le dis... Mais pourquoi t'y intéresses-tu ?

- Tu ne le sais pas encore mais il faut que je fasse quelque chose pour toi... Quelque chose de définitif. Donne-moi le pistolet.

- Que veux-tu en faire ?

- Tuer ceux des GAFAM... responsables de ces horreurs.

Kevin fut à peine surpris. Il se passa la main sur le menton, dérangeant le léger foin grisâtre de sa barbe.

- Pépé, tu crois que tu saurais m'enlever le *micprosind* ?

Kevin sursauta car la demande était incongrue, inattendue. On n'avait jamais entendu parler de quelqu'un qui voulait retirer l'objet, il facilitait tant la vie.

- J'ai bien entendu ? Tu veux que je t'enlève le *micprosind* ? Même si j'acceptais, sais-tu que je n'ai pas opéré depuis longtemps, presque trente ans ?

- Je sais et je suis prêt à courir le risque. Et puis quand tu dis que personne ne l'a fait. Moi, je te dis que tu te trompes... Des gens l'ont fait et ils ont disparu des radars. Je n'en sais pas plus. Ils ont laissé leurs *microprosind* quelque part. Peut-être que les cinq ont conçu des soupçons après un certain temps de constater que les gens ne se déplaçaient plus.

- L'enlever, c'est pour qu'on ne te détecte pas, évidemment...

- Oui... je veux que tu me l'enlèves et que me prêtes ton flingue parce qu'il faut faire payer aux cinq le monde ou nous vivons et que je ne pourrais pas accomplir cette mission avec le *microprosind*.

- Je suis trop vieux pour agir. J'ai dépassé l'âge moyen auquel on meurt et je m'estime en sursis dans une sorte d'enfer, mais qui suis-je pour te dissuader ? Installe-toi là mais je devrais travailler sans anesthésie... Tu le sais ?

- Oui, je le sais... Comment des produits que tu aurais eus il y a trente ans pourraient-ils être efficaces ?

- Ce n'est même pas cela. Ils m'ont été retirés lors de ma mise en retraite. L'incision est superficielle de tout manière car on t'injecte le *micprosind* au pistolet et tu ne sens presque rien. Mais j'ai un peu de glace... Ce sera mieux que rien.

Aspen s'installa dans le fauteuil avachi, le seul dont disposait Kevin. Il dénuda son épaule. Kevin posa un sac qu'il avait rempli de petits morceaux de glace sur le haut du bras et attendit deux minutes ainsi. Pendant que la glace opérait son travail de constriction, les deux hommes gardèrent le silence, puis Kevin saisit son bistouri et commença l'extraction.

Une bouteille d'alcool, qui traînait depuis des années au fond d'un placard, servit de désinfectant. Après que Kevin eût nettoyé la plaie, Aspen, un peu pâle, l'attrapa par le goulot, et engloutit deux fortes gorgées de liquide brunâtre. Le *microprosind* traînait sur la table, sanguinolent, comme un insecte menaçant et encore actif.

- Ça va ? Demanda Kevin

- Ça va, pépé.

Le terme de pépé rassura Kevin. Si son petit-fils l'utilisait, cela signifiait qu'il avait retrouvé ses moyens.

- Maintenant, donne-moi le pistolet.

Kevin s'approcha du meuble, ouvrit un tiroir et sortit le pistolet.

- Tiens... Et puis voici un chargeur plein. Je te montre comment on fait. Et à propos, tu sauras localiser les cinq ? Leurs habitudes et les logements qu'ils occupent ne sont pas sur la place publique.

- Non, ils n'y sont pas, mais je trouverai même si cela doit prendre cinq ans... Il est possible qu'on ne se revoie plus, Pépé... Comment les choses tourneront, je n'en sais rien.

Kevin s'approcha et prit son petit fils dans ses bras. Les deux hommes restèrent un court moment ainsi.

- Bonne chance, Aspen, je ne crois pas que ton geste changera quoi que ce soit, mais comme on disait autrefois, le colibri contribue à éteindre l'incendie en apportant quelques gouttes d'eau dans son bec.

- Image que je ne comprends pas, mais peu importe.

Kevin ouvrit la porte. La silhouette d'Aspen se profila dans l'entrebâillement, éclairée de l'arrière par la lumière glauque du couloir.

. Au revoir, Pépé,.. j'espère ou alors Adieu.

- Adieu

Aspen descendit l'escalier à pas lents.

Kevin le regarda et, lorsqu'il eut entendu la porte se refermer, une envie irrépressible le prit de suivre son petit-fils, il ne savait pas pourquoi mais la pulsion s'imposa brutalement.

Il descendit à son tour l'escalier, ouvrit la porte et se retrouva dans la rue. Il vit Aspen une cinquantaine de mètres sur la gauche. Il le suivit comme si cette action dérisoire avait le pouvoir de protéger son petit-fils.

Il regarda de coté. Un homme déroulait un écran tactile mural pour se connecter, via le *micprosind*, aux horreurs qui y étaient programmées, vingt-quatre heures sur vingt-quatre. Le débit en *Unicred* serait fait automatiquement au prorata du temps passé et l'homme repartirait encore plus angoissé et exaspéré.

Kevin pensa qu'il n'aurait aucun moyen de savoir si Aspen avait réussi. Les informations sur les cinq ne passaient pas sur les écrans tactiles muraux et leur mort n'y serait pas davantage évoquée. Alors, quelles conséquences aurait l'action solitaire de son petit-fils ? Il ne pouvait l'imaginer. C'est avec ces questions sans réponse qu'il s'arrêta sur le trottoir, incertain. Son petit-fils s'éloignait et il finit par disparaître de sa vue. Kevin resta un moment pensif, appuyé au mur, sans entendre et sans comprendre les immondes distractions qui l'entouraient.

Récit 10 : Diction inclusive

Le point milieu permet d'affirmer sa fonction singulière d'un point de vue sémiotique et par là d'investir frontalement l'enjeu discursif et social de l'égalité femmes-hommes (Nouvelle Bible Hermétique)

Par le hublot, Pierre voyait les bâtiments de Roissy défiler. Cela faisait de nombreuses années qu'il n'était pas revenu au pays mais il n'avait jamais éprouvé de nostalgie, ce qui, au début, lui avait paru curieux puis, au fur et à mesure que le temps passait, tout à fait normal. Le Paraguay lui avait offert des opportunités non négligeables et il en revenait, sinon riche, du moins à l'aise financièrement.

Pendant les dix ans écoulés, il n'avait pas suivi l'actualité de son pays natal, il n'en avait surtout pas éprouvé l'envie... Trop de mensonges. Pas de connexion sur des chaînes de télévision, pas de consultation de sites internet. Non, seulement, ce qui importait pour son travail. Son frère n'avait pas été explicite dans ses courriels, il ne traitait que de choses factuelles en relation avec son activité. Autrement dit, il ne savait pratiquement rien de l'évolution possible de la terre vers laquelle il portait ses pas

Une semi-pénombre flottait encore, incertaine. Il semblait douteux que le soleil pût définitivement se lever. Dans son combat contre la nuit, il n'apparaissait pas comme le vainqueur désigné de ce petit matin d'octobre. Le ciel était gris ; des nuages plombés couraient au bord de l'horizon. Un mauvais présage, peut-être de ce qui attendait Pierre... Le vent soufflait en rafales anarchiques les manches à air qu'il distinguait au loin. Il avait heureusement pris ses précautions, un pull-over et une bonne veste de laine devraient le mettre à l'abri de la température fraîche qui paraissait régner.

C'est son frère qui était à l'origine de sa décision de rentrer. Il avait besoin de son aide dans son affaire professionnelle et Pierre s'était laissé tenter par les perspectives de croissance qu'offrait l'aventure.

L'avion finit par s'arrêter, les portes s'ouvrirent et les passagers commencèrent à débarquer. Pierre s'enfila dans la passerelle couverte de publicités, encore plus qu'à l'époque, sans doute.

« *Un salon de rêve* », proclamait l'une. « Pub Ikea ou salon d'attente de compagnie aérienne ? », pensa-t-il.

« *Banque en ligne* », annonçait une autre. « Banque, substantif ou impératif ? », songea-t-il.

Il arriva dans le terminal et dirigea ses pas vers le contrôle des passeports. Le flux des débarqués du jour suivait plus ou moins le même chemin : Exit, récupération des bagages, connexions internationales, que des panneaux familiers aux voyageurs du village planétaire.

Une annonce au micro : « *Les passage-dot-e, accent grave-dot-erre-dot-e-dot-esse, en provenance de Asunción, sont prié-dot-e-s d'aller file de droite* ».

Pierre ne comprit pas le début de la phrase, seulement quelque chose sur la ville qu'il venait de quitter et la file de droite.

Comme il hésitait, une employée de l'aéroport, froide et impersonnelle, s'approcha et lui demanda :
- Monsieur, d'où venez-vous ?
- Paraguay.
- A droite, s'il vous plaît.

Aucun sourire, même commercial... Bizarre, comme si elle avait voulu éviter le contact que sa profession exigeait.

Pierre s'exécuta, il aurait bien voulu demander la nature de la curieuse annonce qu'il venait d'entendre mais la femme était déjà repartie.

Pendant qu'il attendait son tour, son regard erra et il nota une affiche blanche punaisée au mur, sur laquelle était écrite la phrase suivante : « *Camarades, les salarié·e·s grévistes ont été convoqué·e·s par la Direction pour expliquer leur comportement de lundi dernier. Ils risquent des sanctions injustes. Soutenons les travailleu.r.se.s dans la lutte* ».

Le Syndicat.

Pierre ne comprenait pas : cette affiche ressemblait à une farce... Et à une farce comme il n'en avait jamais vues. Il avisa l'homme devant lui dans la file d'attente et qui semblait s'ennuyer.

- Excusez-moi, mais vous ne trouvez pas curieux ce qui est écrit là ?
- Quoi ?
- L'affiche, ou plutôt son orthographe ?
- Ah, mais c'est de l'écriture inclusive... Vous ne connaissez pas ?
- J'arrive de l'étranger...

L'homme lui glissa un regard légèrement réprobateur, l'excuse lui paraissait trop légère.

Pierre s'enhardit.
- Écriture inclusive, bien sûr... Et l'annonce au micro. Tout à l'heure ? Je ne l'ai pas bien comprise.
- Diction inclusive,

L'homme ne semblant pas désireux de poursuivre la conversation, Pierre décida de garder ses commentaires.

Enfin, son tour arriva, il présenta son passeport. L'agent le regarda à peine et lui fit signe de passer d'un air de lassitude marqué.

Pierre récupéra ses deux valises puis se dirigea vers la sortie. Lui qui connaissait si bien cet aéroport devait maintenant consulter les flèches directionnelles ; pas mal de choses avaient changé ou alors, il lui fallait mettre en cause ses souvenirs...

Il se glissa vers la file des taxis. Par chance, il n'y avait pas longtemps à attendre. Lorsque ce fut son tour, il remarqua la femme au volant, les traits massifs, le cheveu ras, l'air peu engageant. Pour un retour, c'était plutôt rébarbatif.

Par un réflexe qu'il ne put s'expliquer, Picrre se pencha et demanda :
- Vous êtes libre ?

Stupide après tout car que ferait un taxi qui ne serait pas libre dans la file de l'aéroport ?, mais peut-être que le conditionnement, hérité des multiples demandes aux taxis d'Asunción, en était-il la cause.

La femme, qui avait baissé la vitre côté passager, ouvrit sa porte et cria :

- Sécurité... Comportement déviant.

Presque aussitôt, deux hommes surgirent de nulle part. Pierre se sentit agrippé de chaque côté. Un des hommes lui passa prestement les menottes.

- Allez, pas d'histoires. Vous vous expliquerez au poste.
- Mais, Bon Dieu... Arrêtez. Vous êtes fou. Lâchez-moi...
- Monsieur, vous avez commis un délit en parlant ainsi à cette femme. Ce n'est pas acceptable. Nous comprenons ce que vous avez voulu dire mais la formulation correcte est différente.

Ils entraînèrent Pierre vers l'intérieur de l'aéroport tandis que plusieurs voyageurs contemplaient la scène, mi-amusés, mi-consternés.

Pierre songea qu'il lui serait difficile d'assurer sa défense. Un bon avocat serait sûrement nécessaire. La première chose à faire dès son arrivée au Poste de Police serait d'appeler son frère pour lui demander de l'aide.